主　编
————
徐　海　　李艳群　　龙超颖

副主编
————
范伟娟

吴争春

罗秦理

经典歌曲
中的
科学密码

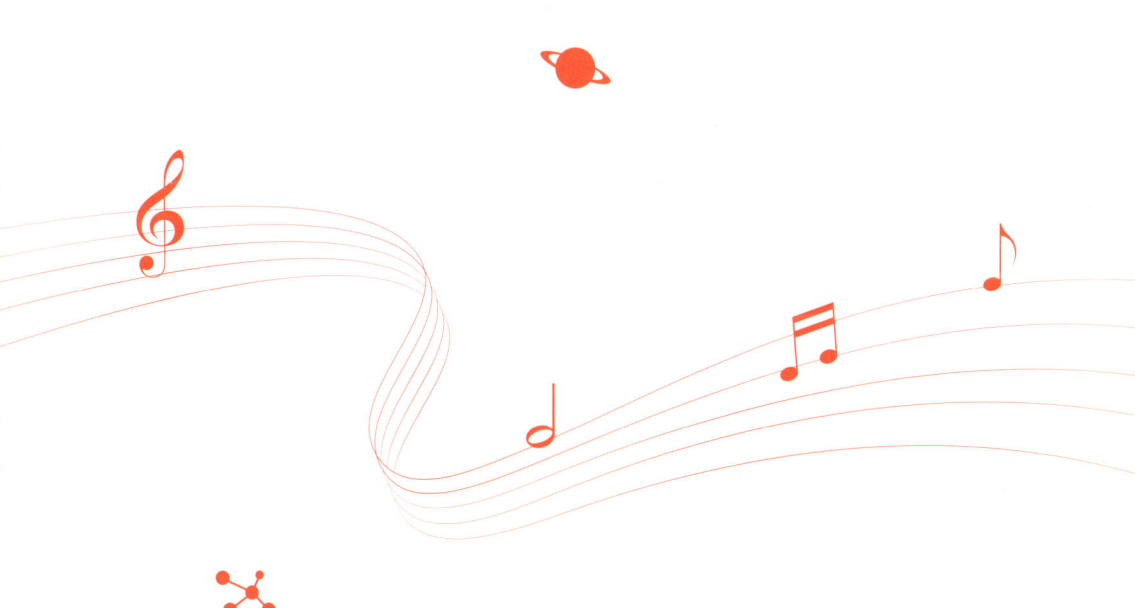

CTS K　湖南科学技术出版社·长沙

顾　　问　邱冠周

主　　编　徐　海　李艳群　龙超颖

副 主 编　范伟娟　吴争春　罗秦理

编委会成员　刘慧玲　盛丽娟　陈金艳　李若达

董雨萌　刘彦莎　张成然　龙承萍

马　明　王　炎　王梓璇　邱傲成　赵　聪

王健珺　潘　蓉　谷　晖　冯威夷　聂美玲

感谢长沙市博物馆、文树勋、杜爱军、侯安山、阮晓诗、朱诗雨、李洋、苏铭瑶、徐乐彤在插图上予以支持。

从音乐艺术中发掘"科学密码"的有益尝试

一群有科普情怀的音乐艺术爱好者策划编写了这部书稿，我阅读后感到这是一种既让人熟悉亲近又蕴含着科普新意的有益尝试，在这里和读者朋友分享自己的点滴体会。

之所以说"让人熟悉亲近"，是就音乐艺术而言的。书里面不少歌曲都伴随着我们的成长，比如《南泥湾》《红梅赞》《浏阳河》等，我们正是听着这些亲切熟悉的旋律，由稚嫩走向成熟。如果说，生命是一首行进的歌，这些旋律里其实也蕴含了我们的生命密码。

之所以说"蕴含科普新意"，是因为编写者对这些歌曲里面的科学密码进行了一些科普性解读。这些歌曲，我唱了这么多年，还是第一次见到以这样的方式，从这样的角度来诠释解读。这对于我们理解音乐艺术的丰富性，歌曲内容的知识性提供了一种有益尝试。显然，这有助于我们更好地从中吸收养分，增补能量，健康前行。

记得20世纪80年代末，我第一次来到中共中央党校学习，著名科学家钱学森在给我们面授"系统工程"理论时，就提到过科学与艺术融合的话题。后来，我又在其他地方见到他的学生讲课时，引用了他写给中央音乐学院张帆教授的信件中的内容，"我认为高度文明社会就应该是艺术、美无所不在，科学技术也无所不在！"的确，从某种意义上说，科学是艺术的，艺术也是科学的。钱学森曾在纪念他夫人蒋英教授（音乐家）执教40周年教学研讨会上的发言中说，他与夫人蒋英二人所从事的是完全不同的工作，一个是音乐、一个是科技，但夫人蒋英的工作对他却有很大的帮助。常常是他在百思不得其解的时候，夫人的歌声给他以启示和灵感。在这里，钱老再次生动地描述了文艺与科学的相互作用。

无独有偶，最近我在阅读百岁科学家杨振宁的一些文稿时，发现他也不约而同地谈到了科学与艺术的异同，他认为科学追求的是认识和理论，以及理解造化，从而在这些认识中窥见了大美。艺术之美的存在与之相同之处就在于顺应了造化的发展方向。这令我进一步想到，如何从艺术中发现科学之美，从科学中发现艺术之美，如何让科学之美和艺术之美"联姻"，这应该是我们这个新时代继续探索的命题。编写者在立足本职，辛勤为人民服务的过程中，还结合自己的爱好做这么一件事情，我由衷地敬佩。我们不必也不可能人人都去追求"高精尖"，但像雷锋那样在兢兢业业、任劳任怨、忠实履职的过程中，尽己所能让大家活得更健康更快乐一些，应该是予以倡导的。因此，以科普和艺术融合的方式，传承红色基因，传播健康能量，提高科学素养，推动社会进步，是值得赞扬的。这种融合不仅能在工作之余温暖个体生命，更能把个体生命的温暖聚合起来，共同温暖这个属于我们每一个人的伟大的新时代。

　　我正是基于这些想法来谈自己的阅读体会。我记得，2021年5月，我所尊敬的科学家袁隆平老师临终前的时光也是在家人的歌声中度过的。2021年是中国共产党百年诞辰，由湖南省科学技术协会牵头主办的《红色基因时代魂——党史中的革命歌曲密码解读》活动，本书中一些成果曾有过初步展示。时任湖南省委的领导参加了活动，对这一创新的党史学习教育方式给予肯定。2022年，我们迎来了党的二十大胜利召开，传唱、解读这些镌刻着时代标记的红色经典歌曲，将鞭策我们不忘初心，勇毅前行，共同为"健康中国"建设奉献自己生命的光和热！

欧阳斌

历史学博士
湖南省政协原副主席
湖南省文联第九届主席团主席
湖南省老年科技工作者协会会长

// 前 言

音乐是人类最美的语言。人类产生了几千种语言，而音乐却只用充满魔力的 7 个音符便幻化出各种美妙的旋律，来交流情感，沟通世界。在古代，中国古典诗词并非仅能诵读，往往还能入乐吟唱。无论是先秦的《诗经》《楚辞》，还是唐诗、宋词、元曲等，说到底都是以词、曲配合的形式进行大众传播。所以，有着无"韵"不成诗的说法。

音乐见证着历史的进程、文明的演变。一部音乐发展史，即是文明进化史。比如《诗经》记录了从西周初年至春秋中叶左右的五、六百年之间的人们社会生活中的方方面面：有先祖创业的颂歌、祭祀神鬼的乐章，也有贵族之间的宴饮交往、劳逸不均的怨愤，更有反映劳动、打猎，以及大量恋爱、婚姻、社会习俗的内容，不一而足。从历史各个朝代的诗词歌赋的变化便可以想象，音乐韵律也在适应时代不断变化。

在音乐的历史长河中，有一种音乐卓然而立：她光芒万丈，让人无法忽视其存在；她震撼人心，只要亲近就能涤荡身心；她历久弥新，只惊鸿一瞥就久久不能忘怀。因为在她的生命里，流淌着无法磨灭的红色记忆，和为世人所传颂的大爱精神。这就是中国的红色经典歌曲。

中国革命历经百年，产生了大众喜闻乐见的很多经典歌曲。这些优秀的音乐作品，带我们走进那既漫长又短暂，既灰色又鲜红，既悲愤又激昂的时代，她曾激励革命先辈为了民族大业去反抗，去战斗！

"八月桂花遍地开／鲜红的旗帜竖呀竖起来／张灯又结彩呀，张灯又结彩呀，光辉灿烂闪出新世界"，跳动跨越的节奏、直白的生活场景词句，欢乐幸福的情绪似乎都要溢出来，苏维埃政府的成立，红军的到来，似乎一个崭新的世界马上就要来临。

"风在吼 / 马在叫 / 黄河在咆哮 / 黄河在咆哮……保卫家乡！保卫黄河！保卫华北！保卫全中国！"黄河奔腾怒吼的气势一下又一下地撞击着心灵，呼唤中华人民同仇敌忾保卫祖国的号角一声高过一声，整首歌曲充满了激情与力量！

不管处于多么艰难的境地，人民群众的生活中，音乐从不会缺席。一首首反映革命、建设、改革等内容的红色经典歌曲便应运而生、广为传唱。今天，这些音乐流传了下来，又加入了新的流行形式，不断鼓舞我们满怀意气创造美好新时代！

红色经典歌曲的意义和魅力并不仅限于此。

"浏阳河 / 弯过了几道弯 / 几十里水路到湘江 / 江边有个什么县哪 / 出了个什么人 / 领导人民得解放"，在《浏阳河》悠扬婉转的声调里，通过一个个设问引起听众的好奇心，从而将这段传奇历史娓娓道来。

"黄昏我站在高高的山岗 / 盼望铁路修到我家乡 / 一条条巨龙翻山越岭 / 为雪域高原送来安康"，《天路》里西藏人民为什么向天高歌？青藏铁路及其建设者们为什么伟大？这里征服了什么绝地天险，攻关了什么科技难题？

每一个跳动的音符都在诉说着一个轰轰烈烈的故事，每一首音乐中都深藏着人们未曾注意、未曾了解的科学知识。让更多的人发现红色经典歌曲的魅力，了解其中蕴藏的科普知识，这便是我们编写这本书的初衷。

2021 年 3 月，由湖南省科学技术协会主办，湖南省科普作家协会承办的"红色歌曲中的科学密码"主题征文活动启动，此次征文活动收到全国各地人们的踊跃投稿，甚至收到德国发来的作品，共 1200 余篇。在此基础上，我们选取了 20 篇优秀文章，构成了本书的四个篇章。第一篇章党史篇，介绍了 1921 年至今跨越沧桑的百年党史；第二篇章是地理篇，描述党是宣传队、播种机，走到哪里就使哪里发生翻天覆地的革新；第三篇章是行业篇，描述各行各业在党的领导下取得的飞速发展；第四篇章是精神篇，通过《花儿为什么这样红》等经典歌曲，解读其中蕴含的精神力量。

四个篇章中的每一篇文章也按照框架结构来写，使整本书在"听歌曲、读故事、学知识"的同时，更有层次感、秩序感。这种框架结构是我们对科技与文化相融合的一种探索尝试，也是本书的特色之一。这个框架也分为四个部分，首先是"唱响主旋律"，介绍歌曲歌词相关背景知识；其次是"科普传智慧"，讲述歌词中的科学知识；接下来是"四方学党史"，讲述人文社科相关党史知识和趣味故事；最后是"总结强信念"，对全文概括总结，升华主题。

本书的另一特色便是每篇文章后都附带二维码，扫一扫便能听到或观看这篇文章所介绍的歌曲音频及视频。当音乐声响起，随着文字的延展，仿佛有一双温柔的手，轻轻拂去尘埃，将那些尘封在时间里的故事再现脑海。随着悦耳歌声的响起，读者能静静地欣赏它们，并牵动灵魂的思绪，时而穿梭在历史的长河中，感受那激情燃烧的岁月，时而遨游在科学的长空里，汲取知识的丰富养料。我们相信阅读这本书是一件美好、浪漫又充实的事情，这也是本书的独特魅力所在。

跨过党的百年历史，我们站在了新的起跑线上。2022年，北京冬奥会成功举办，全世界的目光聚焦中国，听见了中国发出呼吁和平与团结的强劲信息；2022年，喜迎党的二十大召开，开启进入全面建设社会主义现代化国家、向第二个百年奋斗目标进军的新征程。我们感恩生活在这个伟大的时代，我们也深感承前启后的责任重大，要竭尽所能发扬红色传统、传承红色基因、传播科学理念、普及科学知识。在此图书编写过程中，作者和编者们进行了一次次修稿、审稿，付出了辛勤的劳动。如果读者能从中得到一些触动或启发，就是我们最大的幸福。当然，不足之处在所难免，恳请广大读者批评指正。

目录

目录

01 党史篇

他领导中国走向光明

　　每一首红色经典歌曲都在传唱血火交织的动人故事，都承载着一段彪炳史册的光辉岁月。本章选取了《八月桂花遍地开》等反映党的百年历史中重要时间节点的五首歌曲，讲述歌词中蕴含的科学知识以及背后的故事，记录和展现了中国共产党领导中国各族人民走向胜利、走向光芒的历史进程。

《八月桂花遍地开》

八月桂花遍地开，
鲜红的旗帜竖呀竖起来

作者：刘彦莎

  近代以来，中华民族饱受帝国主义、封建主义和官僚资本主义的压迫，沦落到苦难深重和极度屈辱的悲惨境地。中国的无数仁人志士进行了各种救国救民的探索和救亡图存运动，均未获得成功。中国共产党作为"五四运动"后成长起来的一支新生政治力量，也在黑暗中不断摸索前进。在1927年大革命失败后，以毛泽东同志为主要代表的中国共产党人，逐步地把党的工作重点由城市转向农村，到农村去发动农民，进行土地革命，建立工农红军，开展武装斗争，建设根据地，开创了一条农村包围城市、武装夺取政权的中国革命新道路，让鲜红的旗帜在广袤的大地上高高飘扬。《八月桂花遍地开》便是在这一重要时期形成并流传颇广的歌曲。

唱响主旋律

CHANGXIANG ZHUXUANLÜ

八月桂花遍地开

鲜红的旗帜竖呀竖起来

张灯又结彩呀

张灯又结彩呀

光辉灿烂闪出新世界

红军队伍真威风

百战百胜最英勇

活捉张辉瓒呀

打垮罗卓英呀

粉碎了蒋介石的大围攻

一杆红旗飘在空中

红军队伍要扩充

保卫工农新政权

带领群众闹革命

红色战士最光荣

亲爱的工友们哪

亲爱的农友们哪

拿起刀枪都来当红军

拿起刀枪都来当红军

《八月桂花遍地开》这首歌于 20 世纪二三十年代兴起并在全国多个省份传唱，采用八段锦曲调，是为庆祝苏维埃成立所作，原名叫《庆祝成立工农民主政府》。

《八月桂花遍地开》具备革命根据地革命历史歌曲的基本特征。从内容上来看，这首歌是对土地革命时期大别山地区革命斗争史实的记录和描写，积极动员大家来加入红军。从音乐风格上看，这首歌具有鲜明的鄂东北传统音调的地域性特色，与自古流传至今的大别山区传统民间音调相一致。从音乐表现语言方面看，具有简洁、明了、率真、铿锵、直抒胸臆的特色，是那个特定时代音乐表现语言的生动写照。它既为中国共产党领导的人民革命史提供了具有地域性特征的史料，也为中国革命音乐运动和新音乐建设提供了具有强烈地域性特征的佐证。

从 20 世纪 80 年代开始，《八月桂花遍地开》的诞生之地众说纷纭，有江西说、四川说、湖北说、安徽说和河南说等。其具体作者和创作过程现已无从知晓，诞生地也无从考证，但从其词韵特点我们可以确定，这首歌应属大别山地区或鄂豫皖苏区的革命民歌。

由于曲调优美、歌词生动，《八月桂花遍地开》很快就在豫东南革命根据地传开了。后来，伴随着红军的足迹传遍了大江南北。在流传的过程中经过很多人的加工、润色，逐渐丰富完美。中华人民共和国成立后，《八月桂花遍地开》在全国越唱越响，最终成为红色经典歌曲。1959 年，作曲家李焕之与词作家霍希扬将这首民歌改编成民歌合唱曲。

"何须浅碧轻红色，自是花中第一流"（李清照《鹧鸪天·桂花》），"年年绿桂著花时，黄雪团枝自一奇"（周瑞臣《次韵张敬之桂花》）。中国人赋予桂花"崇高""美好""吉祥""友好"之寓意，称其"忠贞之士""芳直不屈""仙友"和"仙客"。也许正是因为桂花清可绝尘、浓能远溢的气质以及所代表的美好寓意，《八月桂花遍地开》的词作者便将这一美好的事物、美妙的情境设为歌曲的第一句，表达对土地革命的支持，盼望将来的生活像桂花一样充满芬芳。

仲秋时节，丛桂怒放，夜静月圆之际，把酒赏桂，陈香扑鼻，令人神清气爽。难怪在中国古代的咏花诗词中，咏桂之作的数量颇为可观。

1. 美丽清香又实用的桂花

桂花树种类和花色繁多，我们常见的便是花色如同夕阳般的橙红丹桂、如同金饰般澄灿的金桂、如同银纱般的银桂。

丹桂花色较深，以橙黄、橙红、朱红色为主，气味浓郁，叶片厚。品种有大花丹桂、齿丹桂、朱砂丹桂、宽叶红等。

金桂树势强健，枝条挺拔。叶片椭圆形，叶面不平整，叶缘微波曲，反卷明显；花色为深浅不同的黄色，从柠檬黄至金黄色都有，开花初期为淡黄色，香味浓。品种有大花金桂、大叶黄、晚金桂、圆叶金桂、球桂、柳叶苏桂等。

银桂树皮呈浅灰色，叶片较宽阔且厚实，叶面较平展；花朵颜色较白，稍带微黄，气味较浓。品种有早银桂、晚银桂、柳叶银桂、硬叶银桂、九龙桂、纯白银桂、青山银桂等。

丹桂

金桂

银桂

桂花树在中国有 2500 年以上的栽培历史。农历八月正是桂花盛放的时节。桂花树观赏价值很高，常作园景树。而以桂花做原料制作的桂花茶是中国特产茶，它香气柔和、味道可口，为大众所喜爱。

2. "八桂"是指什么？

"八桂森挺以凌霜，五芝含秀而晨敷。""八桂"字意指八棵桂树，实则指繁茂的桂林，八桂而成林，或形容桂丛、桂树、桂花长势较好。这里的"八"是数量代词，多的意思。

"八桂"其实还是广西的别称。传说中有一位仙女飞过广西，看到广西美丽的山水而流连忘返，于是撒下八棵桂树落在广西。早在秦始皇时期就设置桂林郡，据说正是因桂林盛产桂花、桂树而命名。唐朝韩愈《送桂州严大夫》一诗有云"苍苍森八桂，兹地在湘南"，用八桂形容当时的桂州，并提示了桂的位置在湘的南边。1984 年，桂花成为桂林的市花，十多年后，桂花又成为桂林市徽的一部分，中间是闻名中外的"象山水月"，外层是由四片花瓣连成的桂花，意为"桂林市处在桂花环抱当中"。桂林山清水秀，人杰地灵，宋代王正功有感而发：桂林山水甲天下。而如今，"桂香"已是与桂林"山清""水秀""洞奇""石美"相媲美的新的一绝。桂花成为桂林一张带着香气的名片。为什么"八桂"是指广西呢？原来，广西历代首府设在桂林，随着时代风云变幻，"桂""八桂"便拓展为广西别称。

《八月桂花遍地开》的歌词生动讲述了以大别山为中心的鄂豫皖革命根据地的故事。1927年，蒋介石、汪精卫叛变革命后，中国共产党于8月1日领导了南昌起义。随后，党中央于8月7日在汉口召开紧急会议（即八七会议），确定了土地革命和武装反抗国民党反动统治的总方针，并决定在湘鄂赣粤等群众基础较好的省份发动农民，举行秋收起义。饱受压迫和苦难的人民拿起武器，参加红军，革命的火种迅速在大别山区燃烧起来。

湖北黄安县（今红安县）北部有个有名的小麦和花生产地——紫云区程璞畈一带，其水稻、桐子、木梓也驰名全县。在这个富庶之地，农民辛勤劳动，却终年不得一饱。豪绅地主霸占土地，巧取豪夺，剥削农民，手段残忍。乡亲们敢怒不敢言。

共产党员程昭续等人根据上级会议精神，集结群众，开展"九月暴动"。他带领300余名农民自卫军，抓住了大地主程瑞林，没收了他家的全部财产。程昭续等召开群众大会，当众烧毁了程瑞林家田地契约和账簿，处决了程瑞林。接着将没收的一切财产，按人口多寡分给农民群众。"九月暴动"震动了紫云和七里等区，农民纷纷响应，周边多个地区先后举行暴动，肃清了当地鱼肉百姓的土豪劣绅。黄安县的"九月暴动"是贯彻八七会议精神的首次行动和尝试，它第一次向广大农民提出了实行土地革命的口号，打击了豪绅地主，鼓舞了群众的斗争热情。

在此基础上，共产党员符向一等人根据上级指示成立黄麻起义指挥部，总结了黄麻两地"九月暴动"和鄂南起义的经验与教训，部署安排黄麻起义。1927 年 11 月 14 日凌晨，黄安、麻城农民自卫军和农民义勇军等组成的 3 万人起义队伍进抵黄安县城，将县城围得水泄不通。天气寒冷，大地蒙上了一层霜花，但人们心里却犹如燃烧着一团火，恨不得马上攻进城去杀尽城内土豪劣绅、贪官污吏和反动武装。"砰、砰、砰……"几声清脆的枪声响起！"同志们，攻城开始了，冲呀！"腾腾的烈焰映红了夜空，照亮了倒水河岸。数十名义勇军队员，争先恐后翻越城墙！攻城的缺口打开了，紧闭的城门砸开了！起义军如奔涌的潮水从四面八方涌进城内，一时间杀声震撼九霄！起义军奔袭县政府和警备队驻地，一举全歼了城内反动武装，活捉了县长、司法委员等反动军政人员和盘踞在城里的几名土豪劣绅，并砸开了监狱，释放了全部在押的共产党员和革命群众。黄麻起义胜利了！农民革命武装暴动胜利了！革命的红旗第一次插上了古老的黄安城头！

1927 年 11 月 18 日，黄安县农民政府正式成立，颁布了《黄安县农民政府施政纲领》，并提出：实行土地革命，工农武装起来，推翻豪绅地主的统治，建立工农政权，实行民主自由，改善劳苦群众生活，实行八小时工作制，增加工人工资；保护商业贸易，保护小商人……

会上，曹学楷代表县农民政府发表施政演讲。会场上欢声雷动，鞭炮轰鸣。

《八月桂花遍地开》是歌唱土地革命时期的歌曲，从上述史实可见，这些朗朗上口的白话歌词和铿锵、欢愉的曲调将农民从土地革命中获得土地、平等、自由，期盼新生活的喜悦心情表达得淋漓尽致。

党史人物 黄麻起义中的"神射手" 王树声（1905—1974）

1927年，刚满22岁的王树声参加了麻城"九月暴动"和黄麻起义。在黄麻起义时，王树声率领农民自卫军守麻城。反动红枪会有万余人进攻。王树声登上城墙北门，看见在蜂拥蚁行的敌军中，为首是一红衣"师爷"。只见他将步枪推弹上膛瞄准发射，"师爷"便应声倒地，群匪四散逃命。后来在长征途中某日，王树声为红军战士教授短枪射击要领。他举起驳壳枪，指着一处屋顶说："我打右下角翘起的三片瓦"，话音刚落——啪、啪、啪！三片瓦被击得粉碎。因此，人称他为"神射手"。

人物名片

王树声，原名王宏信，湖北麻城人，杰出的军事家，我军军械装备建设和军事科学研究事业的重要奠基人和领导人。1928年后历任中国工农红军团长、副师长兼团长、师长、红四方面军副总指挥兼第31军军长、西路军副总指挥兼第9军军长等职。他英勇善战，战功显赫，为创建鄂豫皖、川陕革命根据地和红四方面军建立了不朽的功勋，1955年被授予大将军衔。

王诤（1909—1978） 科学人物 工农红军里的千里眼、顺风耳

人物名片

王诤，原名吴人鉴，江苏武进人。从一部旧电台开始，王诤不仅领导开创了我党我军无线电通信和技侦事业，而且更是我国传媒广播、气象雷达、航天航空和电子工业等诸多领域的开拓者、创立者和奠基者。中华人民共和国成立后，任中央军委第三局局长，中央人民政府邮电部副部长、党组书记等职。

毕业于黄埔军校通讯学科的王诤曾是国民党军队无线电台一名中尉报务员。1930年，他在赣东南山区参加工农红军，并带去一部英国制造的军用电台，正式开启了红军无线电事业的发展。毛泽东、朱德亲自任命王诤为中央军委电讯队队长，对他高度信任。1931年第二次反"围剿"战争中，王诤截获并破译了致"剿匪"总司令何应钦的急电。毛泽东、朱德等根据情报做出决策，半个月内红军行军350多千米，共打了35次仗，仗仗取胜。欢庆胜利时，毛泽东表扬了王诤："我们工农红军也有了千里眼、顺风耳，这是克敌制胜的一大法宝呢！"在随后的征战中王诤屡建大功。他带领通讯队战士们因陋就简，在各个师配置改装过的电台，积极培训无线电报务员，传授电信专业知识。

总结强信念
ZONGJIE QIANGXINNIAN

　　许多人都被《八月桂花遍地开》所传递的革命热情和爱国情怀深深触动。在当前这个繁荣昌盛的时代，我们永远不要忘记那些为祖国抛头颅洒热血的革命英烈，我们永远不要停止对和平的维护，永远不要忘记自己身上承担的责任！这首在土地革命时期传唱开来的革命歌曲，激励着一代又一代共产党人。党的旗帜是党的指导思想和行动指南，是中国共产党初心和使命的集中彰显。中国共产党坚定初心，以自我革命为前提，领导中国人民进行伟大社会革命，不断推动党和人民事业向前发展。让我们高举党的旗帜，坚定不移跟党走，在实现中华民族伟大复兴的新长征路上阔步前行！

扫码观看　　扫码收听

《保卫黄河》
黄河在咆哮

作者：刘彦莎

"中国川原以百数，莫著于四渎，而河为宗。"中国九百六十多万平方千米的沃土上河流众多，但万水千山中，能从声、形两方面使人震撼的，唯有黄河。

黄河，中国的母亲河——源远流长、博大精深的华夏文明发源于此。黄河无私地哺育华夏民族，为人们提供物质家园和精神家园。五千年以来，黄河见证了中华民族的繁荣富强、伟大昌盛；在战乱时期，她又守护着成千上万颠沛流离的人们。2019 年 6 月入选中宣部"庆祝中华人民共和国成立70 周年优秀歌曲 100 首"的《保卫黄河》便记录了抗日战争时期发生在黄河边的故事。

唱响主旋律
CHANGXIANG ZHUXUANLÜ

风在吼
马在叫
黄河在咆哮
黄河在咆哮
河西山冈万丈高
河东河北高粱熟了
万山丛中
抗日英雄真不少

青纱帐里
游击健儿逞英豪
端起了土枪洋枪
挥动着大刀长矛
保卫家乡
保卫黄河
保卫华北
保卫全中国

在民族存亡的危难时刻，一曲慷慨激昂的《保卫黄河》在延安奏响。无数仁人志士高唱着《保卫黄河》奔赴前线奋勇杀敌，奏响了中华民族救亡图存的时代强音。《保卫黄河》是《黄河大合唱》的第七乐章，由光未然、冼星海创作于抗日战争时期。冼星海回国后深感民族危难深重，深知民众的苦痛。在民族危亡的紧要关头，他毅然站在了斗争前列。他确信中国共产党才是中华民族的中流砥柱，于是加入了中国共产党。为了民族解放，"为抗战发出怒吼"，他纵笔谱写歌曲。1939 年他去看望病床上的青年诗人光未然，听其朗诵《黄河吟》，听其讲述黄河呼啸奔腾的壮丽景象，乐思如潮。他用了一周时间进行创作，半月之内又完成了该作品八个乐章及伴奏音乐的全部乐谱，写就了这一时代中华民族的音乐史诗。

这首歌以民间打击乐节奏和广东狮子舞音乐旋律为素材，采用进行曲体裁，以短促跳动、振奋人心的音调，响亮的战斗口号，铿锵有力的节奏，快速大跳的动机和逐步扩张的音型，使歌曲充满力量和感情，极富号召性与战斗性。

而演唱时，歌曲的一、四部分合唱，二、三部分轮唱，此起彼伏，一浪高过一浪，恰似黄河的波涛滚滚奔流，势不可挡。轮唱时"龙格龙格"的人声伴唱，听来变化无穷，情趣横生，增强了生动、活跃、乐观的气氛，巧妙地隐喻了抗日武装队伍由小到大、由弱到强，终于汇成了一支不可战胜的力量，显示了英雄民族的伟大气魄。轮唱之后的一大段器乐间奏，不仅渲染了气氛，刻画了形象，又为结束段转向高潮做好了铺垫，使结束段凸显了中国人民誓将侵略者消灭干净的坚定决心。

科普传智慧
KEPU CHUANZHIHUI

　　黄河流域是我国开发最早的地区，也是中华文明最主要的发源地。古时善治国者必先治理黄河水，此所谓"黄河宁，天下平"。在世界各地大都还处在蒙昧状态的时候，我们勤劳勇敢的祖先就在这块广阔的土地上斩荆棘、辟草莱，劳动生息，创造了灿烂夺目的古代文化。

　　黄河是我国第二大河，也是中华民族的母亲河。她发源于青藏高原巴颜喀拉山北麓的约古宗列盆地，自西向东分别流经青海、四川、甘肃、宁夏、内蒙古、陕西、山西、河南及山东9个省（自治区），最后流入渤海，全长约5464千米。黄河流域内地势西高东低，高低悬殊，形成自西而东、由高及低三级阶梯。黄河源区位于第一阶梯的"世界屋脊"青藏高原东北部，平均海拔4000米以上，而下游第三阶梯以平原为主，地势低平，海拔多在500米以下，巨大的高度差为黄河提供了惊人的重力势能。

　　黄河中上游以山地为主，中下游以平原、丘陵为主。为什么叫黄河呢？原来黄河上游河段其实非常清澈，但黄河中游河段流经世界上最大的黄土集中分布区——黄土高原地区后夹带了大量泥沙，导致河水呈黄色，因此得名。

1. 世界上含沙量最大的河流

黄河每年携带 16 亿吨的泥沙滚滚向东, 所以也被称为世界上含沙量最大的河流。如果用这些泥沙筑一道 1 米高的墙, 可以绕赤道 27 圈。人们普遍将黄河沿岸的河口镇、桃花峪两个地方作为其上、中、下游的分界点。黄河源头至河口镇的上游主要流经青藏高原, 河水携带的泥沙较少, 河水清澈。尤其在西宁市的贵德县清水长流, 一贯雄壮的黄河却是难得一见的柔美。之后黄河进入支离破碎、沟壑纵横的黄土高原, 从此含沙量急剧上升。黄土高原的土壤主要为黄土, 黄土土质松散, 干燥时坚如岩石, 遇水便容易溶解; 而黄河从第一阶梯跌入第二阶梯, 水流速加快, 河水对沿岸的泥沙的侵蚀作用巨大, 因此大量泥沙被携带于黄河之中。黄河出河南省中西部丘陵山区后, 进入华北平原。面对地势突然变缓, 黄河流速突然变慢, 携带的泥沙逐渐沉积, 使得黄河的下游段 (即桃花峪至入海口) 形成 "地上河"。

黄河的泥沙不仅仅只有坏处, 也可以在河口处形成河口三角洲。著名的粮仓华北平原就是黄河、淮河、海河三大河流形成的冲积平原。同时, 黄河所携带的河沙也是优良的建筑原料, 这也导致了大量挖沙船几乎掏空了此河段的泥沙, 使黄河变清澈了。黄河每年携带的 16 亿吨泥沙, 其中有 12 亿吨流入大海, 剩下 4 亿吨长年留在黄河下游, 形成冲积平原, 有利于种植。

2. 世界上最大的黄色瀑布

"源出昆仑衍大流，玉关九转一壶收。"这是明代人惠世扬对壶口瀑布这一景象的真实描述。壶口瀑布是中国第二大瀑布，世界上最大的黄色瀑布。它东濒山西省临汾市吉县壶口镇，西临陕西省延安市宜川县壶口镇，为两省共有旅游景区。黄河奔流至此，滔滔河水被两岸峭立的石壁挟持，束缚在狭窄的石谷中，300 米宽的洪流瞬时收束至 50 余米，河水奔腾怒啸，山鸣谷应，形如巨壶沸腾；接着河水从 20 余米高的断层石崖飞泻直下，浊浪翻滚，水沫飞溅，烟雾迷蒙；最后跌入 30 余米宽的石槽中，形成"雷首雨穴""万丈龙槽""彩桥通天"等奇观。千里黄河一壶收，仰观水幕，"黄河之水天上来"，狂涛怒吼，声震数里，气概非凡。

黄河壶口瀑布

3. 罕见的"揭河底"现象

黄色的河水奔腾咆哮，浊浪翻滚，淤积在河底的泥沙，成块成块地被翻滚的水流掀起，露出水面，但很快又破碎、坍落，被水流冲散带走。这样强烈的冲刷，在几小时至几十小时内就能将该段河床冲深几米至十几米。这便是有着黄河百年奇观之称的"揭河底"现象。

"揭河底"现象的形成条件十分特殊，很多学者开展过大量的研究。目前认为"揭河底"现象的发生应具备两个前提条件：一是河床的结构特征，呈明显的层理淤积结构，存在着具有一定强度的成块的胶泥层沉积，且下面有胶结强度极低的散粒体淤积物；二是水流能量，发生一定程度的洪水才能使揭底河段的水流能量达到揭掀条件。有研究报道，"揭河底"发生时水流顶冲到胶泥块以后，形成下潜水流，水流在能量转换过程中，形成强大的载能涡旋，淘刷胶泥块下部的薄弱层（可动性较强的粗砂层）。这种因胶泥块上下表面脉动压力波传播速度的不同而形成的瞬时上举力是"揭河底"现象发生的主要力学原因。

"揭河底"属于黄河上独有的泥沙运动，主要发生在黄河小北干流、渭河临潼河段。最近一次出现"揭河底"现象是 2017 年 7 月 28 日，在黄河小北干流合阳段发生，受到了人们的关注。上一次还是在 1977 年 7 月 6 日。据统计，1950 年以来黄河小北干流共发生了 13 次"揭河底"现象，有 8 次"揭河底"现象引起河道长距离冲刷、6 次河槽发生了大摆动。"揭河底"现象有利有弊，有利的一方面是，经过冲刷后形成了高滩深槽，便于河道泄洪排沙，对河床调整起着重要作用。不利的一方面是，"揭河底"容易造成河道主槽的摆动，增大对河道整治工程的威胁，甚至造成坍塌或者垮坝，使防洪抢险的压力增大；同时，河床携带的粗泥沙进入水库和下游河道，增加了泥沙淤积。

4. 黄河为什么会"咆哮"？

黄河发源于巴颜喀拉山脉，河流长度长，上游下游的海拔差距大，途经省份多，河道曲折，有"九曲十八弯"之称，因为弯道多，所以河流流向变换频繁。具体来说，黄河因为上游地区落差大，在下落过程具有较大的重力势能，重力势能转化为动能，因此黄河流速加快，具有较大的冲击力，水在流动过程中撞击岩石、堤岸、山崖都可以发出声音。只要水流有波浪，就可以改变空气的形状而产生声音。

咆哮的黄河

　　而歌曲中所唱"黄河在咆哮"，两句连续反复，铿锵有力，音乐性和形象性极强，比喻全国人民抗日热情高涨。在国土即将沦陷，民族处于生死存亡的关头，社会形势带来的压迫感、紧张感，人民对侵略者的愤怒、渴望战斗与胜利的愿望交织在一起，才会在听到黄河水奔腾的时候，觉得风在怒吼，马在叫喊，黄河在愤怒咆哮。咆哮的黄河，充满了战斗豪情，代表着中华民族永不屈服的精神。

四方学党史

SIFANG XUEDANGSHI

　　"九一八"事变后，中国共产党率先举起了武装抗日的旗帜。风在吼，马在叫，黄河在咆哮！"平津危急！华北危急！中华民族危急！"1937 年 7 月 7 日，日本侵略军悍然发动了卢沟桥事变。在这生死存亡的关头，中国共产党奋起进行全民族抗战，在卢沟桥事变发生的第二天就通电全国，号召"全中国同胞、政府与军队团结起来，筑成民族统一战线的坚固长城，抵抗日寇的侵略"！

　　在全面抗战初期，中国共产党开辟的敌后战场和国民党指挥的正面战场协力合作，形成了共同抗击日本侵略者的战略局面。"万山丛中，抗日英雄真不少！青纱帐里，游击健儿逞英豪！"中国共产党领导的军队在敌后开展的游击战争，是世界历史上罕见的艰苦战斗。面对日军的反复"扫荡"，八路军只有非常简陋的武器装备，物质条件也极其恶劣，但是战士们仍旧"端起了土枪洋枪，挥动着大刀长矛"，抗日卫国，誓死保卫家乡，保卫中国。

　　为了打破日军的封锁和"扫荡"，遏制当时出现的投降危险和妥协暗流，1940 年 8 月至 12 月初，八路军总部对华北日军发动了一场大规模的进攻战役。8 月 20 日，参战部队、游击队、民兵同时发起

攻击。随着战役的展开，陆续参战的部队达到105个团20余万人，即百团大战。

值得一提的是，这次大战在刚开始时，并不叫百团大战，而是被称为"正太路破袭战"等名称。按照之前的战斗计划，规定参战兵力不少于22个团。但战役打响后，对日军深恶痛绝的敌后抗日军民参战热情极高，各部纷纷投入大量兵力。

彭德怀和左权听取关于战况和实际参战兵力的汇报。当听到作战科长王政柱说参战兵力有100多个团时，左权兴奋地说："好！这是百团大战，作战科再仔细把数字查对一下。"当王政柱正想再查看一下是否还有漏报单位时，彭德怀摆摆手说道："不管一百多少个团，干脆就把这场战役叫作百团大战好了。"这样，才有了"百团大战"的称谓。

百团大战分为3个阶段。第一阶段是1940年8月20日—9月10日，主要任务为进行交通总破袭战，重点在于摧毁以正太（铁）路为重点的日军交通线。第二阶段，是1940年9月22日—10月5日，主要任务是扩大第一阶段的战果，继续破击日军交通，重点攻占交通线两侧敌人和深入抗日民主根据地内的日军据点。第三阶段，是1940年10月6日—1941年1月24日，中心任务是进行反"扫荡"作战。

战役自"正太路"打响后，迅速覆盖了除山东外的整个华北地区的主要交通线。一颗颗红色信号弹腾空而起，划破了夜空，各路的突击部队简直像猛虎下山，扑向敌人的车站和据点，雷鸣般的爆炸声，一处接着一处，响彻正太路全线。地方抗日武装也纷纷参战，对日军铁路、公路、车站和据点等重要目标一同发起猛攻。根据地军民在"不留一条铁轨，不留一根枕木，不留一座桥梁"的战斗口号下，不顾敌机的疯狂扫射，进行了大规模的破袭战，铁路以及主要公路都被成功切断，华北各交通线一时陷入了严重瘫痪。

1940 年 10 月 30—31 日，彭德怀指挥的百团大战进入反"扫荡"阶段最为惨烈的一场战斗——关家垴战斗，日军第 36 师团冈崎大队窜犯八路军总部设在太行山黄崖洞谷的水腰兵工厂。战斗陷入胶着状况，彭德怀在距战场仅 500 米的距离，观察并指挥 129 师、总部特务团和决死队，最终围歼该敌 400 余人于关家垴高地。

到 12 月初，共进行大小战斗 1800 多次，毙伤日军 2 万多人，另外毙伤、俘伪军 2 万多人。此外，还破坏或摧毁了大量铁路、公路、桥梁、隧洞、火车站，缴获一大批武器和军用物资。根据当时的战报统计，八路军共摧毁日军据点近 3000 个。

面对惨重的损失，日本侵略军不禁惊呼："共军乘其势力的显著增强，突然发动的百团大战，给了华北方面军以极大打击。"他们哀叹道："八路军的抗战士气甚为旺盛，共产地区的居民，一齐动手支援八路军，连妇女、儿童也用竹篓帮助运送手榴弹。我方有的部队，往往冷不防被手执大刀的人包围袭击而陷入苦战。"

在这场大战中，抗日军民展现出高度的爱国热情和顽强的斗争意志。当时，抗日根据地的条件极为艰苦。因为"地瘠贫寒，交通阻塞，一切补给极感困难，有不少部队竟数日而不得一饱，不少部队旬日不曾休息"，但全体将士士气高昂，毫不畏惧，奋勇杀敌。其中，不少优秀的八路军指挥员、政治工作人员、战斗员英勇负伤，很多人流尽了最后一滴血。一次战斗结束后，一些战士身受重伤。看到伤痕累累、浑身鲜血的他们，许多战友都很难受。受伤的战士却反过来安慰说："我的腿吃了两个'黑枣'（枪子），一个在腿上，一个在脚上，这么一包看起来吓人，实际没有关系，取出子弹来就好了。"还有一位从脚到腹部都包扎了纱布，鲜血外渗的战士为了不让战友们担心，满面笑容地望着慰问的同志说："同志，谢谢你！我很好，我是一个老兵了，受这点伤没有关系，伤很快就会好的。伤好了还上前线，不把日本鬼子赶出中国去誓不罢休！"

百团大战纪念碑

　　百团大战是全民族抗战以来八路军在华北地区发动的一次规模最大、持续时间最长的战略性战役。这场大战，"犹如一阵暴烈的霹雳，轰动了整个华北战场，以至于全中国全世界。"对这场战役，美国著名记者史沫特莱曾这样描述，整个华北地区都成了战场。战斗夜以继日，一连厮杀了 5 个月。这次战役打击了敌人的整个经济、交通和封锁网，战斗是炽烈而无情的。

党史人物 《黄河大合唱》作曲人　　冼星海（1905—1945）

救国方式有很多种，有的人在前线用枪炮跟敌人作战；有的人以音乐为武器向敌人发出国人不屈的怒吼。作为家喻户晓的经典歌曲《黄河大合唱》的作曲者，冼星海便是后者之一。

冼星海出身贫苦但坚韧乐观，从小显现音乐天赋。1926年，冼星海进入北京大学音乐传习所学习，后赴巴黎勤工俭学，回国后积极参加抗日救亡运动。1935年至1938年间，他创作了《到敌人后方去》《在太行山上》《黄河大合唱》等各种类型的声乐作品，开拓了中国现代革命音乐的新局面，唤醒了民族觉醒意识，振奋了民族精神，成为中华民族抗敌救国的精神武器，获得了"南国箫手""人民音乐家"美誉。

人物名片

冼星海，曾用名黄训，中共党员，祖籍广东番禺（今广州南沙区榄核镇）。中国近现代著名作曲家、钢琴家。1985年我国发行《冼星海诞生八十周年》纪念邮票；2009年被评为"100位为新中国成立做出突出贡献的英雄模范人物"之一。

高士其（1905—1988） 科学人物 1937年奔赴延安的红色科学家

高士其1925年毕业于清华大学，后赴美国留学。回国后，曾应邀在南京中央医院任检验科主任。当他认识到"见死不救的社会及黑暗势力才是吸病人血的大魔王"时，毅然辞职并拿起笔参加战斗，出版了《菌儿自传》《抗战与防疫》等众多抗日救亡主题的科普文学作品，在社会上形成较大影响。1937年他奔赴延安，与研究科学的青年们成立了延安的第一个科学技术团体——边区国防科学社。他是当时到延安的唯一留美学者，被毛泽东等称为"中国的红色科学家"。他一生写下数百万字的科学小品、科学童话故事和多种形式的科普文章，终生践行"把科学交给人民"的伟大事业，成为中国科普文艺的一代宗师。

人物名片

高士其，原名高仕镇，中共党员，出生于闽县（今福州市区）鳌峰坊。中华人民共和国成立后，历任中央人民政府文化部科学普及局、中国科学技术协会等顾问。被追授"中华民族英雄"称号，国际小行星命名委员会将3704号行星命名为"高士其星"。

总结强信念
ZONGJIE QIANGXINNIAN

　　说黄河是中华民族的母亲河永不为过，她不仅地理位置独特，所孕育的文化也是独一无二的。正因如此，才会以"黄河"作为歌名，保卫母亲河，就是保卫中华民族的文化，保卫民族主权。"黄河在咆哮"仿佛是对当时社会的呐喊，鼓动全体中华儿女行动起来，增强爱国情怀，为抗日战争贡献自己的力量。

　　《黄河大合唱》为抗战发出怒吼，唤醒了中华民族的灵魂，表达了我国人民抗战的心声，激起了人民的斗志！听《保卫黄河》这一章的音乐，好像听到黄河水流奔腾湍急的声音，歌声此起彼伏，一个波澜壮阔的人民战争场面跃然眼前。"保卫黄河！保卫华北！保卫全中国！"唱出了中国的危急，唱出了全国人民紧急抗战的形势。激扬的歌词与铿锵的旋律交融在一起，鼓励着中华民族团结起来，保家卫国，并肩作战，消灭日本侵略者，重建美好家园。

　　黄河，是中华民族生命的源泉，灿烂文化历史的发端，是不惧艰难险阻、压而不弯、奋勇向前的精神使者！吾辈缅怀先人丰功伟绩，感应传承红色印记，坚守初心使命。共产党人定能够矢志不渝，无畏

前行，秉着一颗红色初心，让光辉照亮神州大地每一个阴暗的角落，14 亿中国人民如同黄河流水——绵延不绝、团结一致、万众一心、神勇无畏！

扫码观看　　扫码收听

《义勇军进行曲》
起来！起来！起来！
我们万众一心！

作者：李若达

  1949 年 10 月 1 日下午 3 时，中华大地上欢声雷动。中华人民共和国在北京天安门广场隆重举行开国大典，毛泽东用洪亮的声音向全世界庄严宣告："中华人民共和国中央人民政府今天成立了。"伴随着五星红旗冉冉升起，《义勇军进行曲》作为国歌第一次奏响在天安门广场。每当国歌响起，无论是在中国运动员领奖台上，还是在发射的卫星上；无论是大学的校园，还是古朴的村庄……每个中国人唱起这首歌都难掩心中的激情。而田汉、聂耳当年创作的《义勇军进行曲》也发出了那个时代的最强音！

唱响主旋律

CHANGXIANG ZHUXUANLÜ

起来

不愿做奴隶的人们

把我们的血肉

筑成我们新的长城

中华民族到了最危险的时候

每个人被迫着发出最后的吼声

起来

起来

起来

我们万众一心

冒着敌人的炮火

前进

冒着敌人的炮火

前进

前进

前进进

　　《义勇军进行曲》由田汉作词、聂耳作曲，是电影《风云儿女》的主题歌。歌曲的旋律上，既有西方进行曲的风格特点，又具有浓郁的中华民族特色；每个乐句的旋律、结构各不相同，但乐句与乐句之间衔接紧密，发展自然，唱起来起伏跌宕、浑然一体。整首歌曲节奏铿锵，旋律明亮雄伟，战斗气氛浓烈，给人以坚定不移、势不可挡之感。

　　《义勇军进行曲》被称为中华民族解放的号角，自1935年在民族危亡的关头诞生以来，对激励中国人民的爱国主义精神起了巨大的作用，后成为中华人民共和国国歌。

科普传智慧
KEPU CHUANZHIHUI

1. "起来"的不同含义

歌词中反复唱到"起来"，既像战士振臂的呼喊，又像军民团结的口号。而生活中"起来"有很多含义。《新编五代史平话·梁史上》中"那黄巢拿着酒壶抬身起来"的"起来"表示站立。白居易《食后》诗中"食罢一觉睡，起来两瓯茶"的"起来"表示起床。《二刻拍案惊奇》卷十二中"拨开浮泥看去，乃是一块青石头，上面依稀有字，晦翁叫取起来看"的"起来"，这里表示向上、向高处的含义。在《义勇军进行曲》"起来，不愿做奴隶的人们"一句中，"起来"一词即取拿起武器、发动攻击、起义之意，给人以激励、振奋人心之感。

2.《义勇军进行曲》成为中华人民共和国的国歌

国歌是一个国家尊严的标志和民族精神的象征。1949年中华人民共和国即将成立，确立国歌迫在眉睫。当年6月，拟订中华人民共和国的国旗、国徽、国歌等方案被提上议事日程，郭沫若、田汉、徐悲鸿、钱三强、欧阳予倩等人组成"国歌初选委员会"。经毛泽东、周恩来审批后，由郭沫若等起草的《征求国旗国徽图案及国歌辞谱启事（草案）》被分别送至《人民日报》《天津日报》《光明日报》等各大报纸连续刊登了8天，国内各报和海外华侨报纸纷纷转载。征稿启事一发，海内外华夏儿女反响热烈，应征稿件如雪片一样纷至沓来。截至8月20日，共收到歌词694首、曲谱稿632首。

1949年9月25日，毛泽东、周恩来主持召开国旗、国徽、国歌、纪年、国都协商座谈会。会上讨论国歌时，虽然大家认为很多征集的歌曲也非常优秀，但还不足以体现国家尊严、适应时代要求。因此，有人主张暂用《义勇军进行曲》代国歌，大家都表示赞成。因原歌词有"中华民族到了最危险的时候"等历史性词句，包括田汉本人在内都建议将歌词修改一下。但是，也有人提出应该保持歌曲的完整性，不修改歌词。经过讨论，毛泽东、周恩来都赞同和支持不修改歌词。9月27日，中国人民政治协商会议第一届全体会议决定："中华人民共和国的国歌未正式制定前，以《义勇军进行曲》为国歌。"

3.《义勇军进行曲》作为国歌写入宪法

2004年3月14日，第十届全国人民代表大会第二次会议通过了《中华人民共和国宪法修正案》，正式将《义勇军进行曲》作为国歌写入宪法。2017年9月1日，第十二届全国人民代表大会常务委员会第二十九次会议通过《中华人民共和国国歌法》（简称《国歌法》），对国歌的地位、国歌奏唱的场合、国歌奏唱的形式和礼仪、国歌标准曲谱和官方录音版本、国歌的宣传教育、监督管理和法律责任等都作了明确规定。

4.《义勇军进行曲》唱"起来"

1935 年，"一二·九"运动中，全国各地的学生、工人、爱国人士和支持中国的国际友好人士在集会上、在游行中都演唱了《义勇军进行曲》。1937 年，淞沪会战爆发后，《义勇军进行曲》成为"八百壮士"孤军营内鼓舞士气的战歌之一。同年 7 月 31 日，因主张抗日救亡而被捕的沈钧儒、邹韬奋、李公朴等救国会"七君子"获释时，和数百名前来迎接的群众一同高唱《义勇军进行曲》。1938 年，台儿庄战役中，中国官兵在观战的美国驻华海军副武官卡尔逊的带领下高唱《义勇军进行曲》。

2011 年利比亚动乱发生后，中国企业工地遭到袭击，通信基本中断，约 3 万中国人滞留利比亚。亲历者们回忆，刚发生暴乱时，他们上千人跟近一百名持枪歹徒对峙，围墙大门关起来，歹徒就拿冲锋枪在外面扫射。当时被困的中企人员有些都不敢告诉家里人，怕他们担心。撤侨期间，很多人的护照被抢了，没有身份证明，通过陆路撤离时埃及军方不许通过，因为还有很多其他国家的难民也想冲过去。这时有人说："会唱国歌的就是中国人。"然后大家开始唱国歌，只要唱国歌，埃及军方就可以放行。亲历者回忆道，当时他们全部都在哭，这种唱国歌的场景，让人一辈子记忆深刻。

《义勇军进行曲》在国际上也有着广泛而深刻的影响。在第二次世界大战期间，美国著名的黑人歌王保罗·罗伯逊就把它唱响了。美国人民也很喜欢这支歌，把它叫作《起来！》。

四方学党史

《义勇军进行曲》诞生于 1935 年，当时中华民族正处于生死存亡的关头。这首在中华大地上歌唱了近 90 年的歌曲，像一支战斗的号角，鼓舞了中华民族儿女去抗击日本帝国主义的侵略，去"打倒蒋介石，解放全中国"，去建设社会主义，去创造美好未来。

1934 年春，中共上海地下党组织协助左翼文艺工作者成立上海电通影片公司，以此对抗国民党的"文化围剿"。地下党员田汉、夏衍等在公司担任领导职务，聂耳也为公司创作歌曲。1934 年，日本即将全面侵华，在民族生死存亡之际，田汉决定写一个以抗日救亡为主题的电影剧本——《风云儿女》。在他刚完成一个十几页的故事梗概和一首主题歌的歌词时，就被国民党反动派逮捕入狱。出于长期地下斗争养成的习惯，田汉在一张香烟锡纸上写下了《义勇军进行曲》的歌词。

聂耳得知消息，主动要求为田汉写就的主题歌《义勇军进行曲》谱曲。写着歌词的锡纸已经被茶水浸染，字迹变得模糊，聂耳等人经过仔细辨认，才一字一句将田汉的歌词誊写下来，并进行了微调。当他读着歌词："起来！不愿做奴隶的人们！把我们的血肉，筑成我们新的长城！中华民族到了最危险的时候，每个人被迫着发出最后的吼声。起来！起来！起来！我们万众一心，冒着敌人的炮火，前进！冒着敌人的炮火，前进！前进！前进！进！"他仿佛听到了母亲的呻吟、民族的呼声、祖国的召唤、战士的怒吼，爱国激情在胸中奔涌，雄壮、激昂的旋律从心中油然而生，很快就完成了曲谱初稿。因当时白色恐怖在上海蔓延，聂耳赴日避难，曲谱也带到日本去修改，最后定稿时才从日本寄回上海录音。一首表现中华民族的刚强性格，显示民族尊严，充满同仇敌忾、团结御敌豪迈气概的革命战歌就这样诞生了。

聂耳像

聂耳曾对《风云儿女》影片的导演许幸之说："为创作《义勇军进行曲》，我几乎废寝忘食，夜以继日，一会儿在桌子上打拍子，坐在钢琴面前弹琴，一会儿在楼板上不停走动，还高声地唱起来。房东老太太可不答应，以为我发了疯，向我下逐客令，我只好再三向她表示对不起，她才平息了怒气。"

党史人物 戏魂椽笔写兴亡，义勇军歌志奋扬 田汉（1898—1968）

中华人民共和国成立后，田汉作为戏曲改进局局长、艺术局局长、中国戏剧家协会主席，是戏曲改革最早的倡导者之一。他提出了戏曲的"三改理论"，亲自领导改编了我国的传统戏曲剧目。其中经他亲自考察的京剧剧目就达 900 多个，他为这些剧目书写了许多精彩的分析指导，为戏曲改良提供了明确的方向。

人物名片

田汉，湖南省长沙县人。本名田寿昌。剧作家、电影编剧、小说家、词作家、诗人、文艺批评家、文艺活动家，中国现代戏剧三大奠基人之一。他创作歌词的歌曲《万里长城》的最后一节后来成为中华人民共和国国歌《义勇军进行曲》的歌词。

李四光（1889—1971） 科学人物 漫漫归国路，拳拳赤子心

人物名片

李四光，湖北黄冈人，蒙古族。中国地质力学的创立者、中国现代地球科学和地质工作的主要领导人和奠基人之一，中华人民共和国成立后第一批杰出的科学家和为中国发展做出卓越贡献的元勋，2009 年当选为"100 位新中国成立以来感动中国人物"之一。

"努力向学，蔚为国用。"这是孙中山先生对中国同盟会中年龄最小的会员——李四光的赞许和鼓励。15 岁时他外出求学，选择地质专业方向进行深造学习。之后，他深耕不辍，长期担任北京大学地质系教授、系主任，对发展中国地质事业和提高地质科学水平起了极其重要的作用。

1948 年，李四光偕夫人赴英国伦敦出席第十八届国际地质大会。中华人民共和国成立前，国民党方面得知周恩来亲自提名李四光为政协委员的消息后，立即派人给李四光施压。事态严峻，迫不得已，李四光当即退掉原本的船票，将重要的文章手稿、护照和几件衣服塞进小小的手提箱，乘坐货轮来到法国，乘上火车去往瑞士，几经辗转，最终登上了回中国的货轮。1950 年 4 月，他终于回到祖国，加入到祖国的建设大军中。

总结强信念
ZONGJIE QIANGXINNIAN

　　《义勇军进行曲》在中华民族危难关头诞生，后来成为中华人民共和国国歌。中华民族在内忧外患之后屹立于世界民族之林，中国人民在水深火热之后过上小康生活，中国在满目疮痍之后走近世界舞台中央。国歌既是集结的号角，也是英雄的赞歌，她以民族根、文化魂、伟大复兴中国梦为生存主线的历史脉络，为探讨人类命运共同体的理想和现实，提供了中华民族本源性的支撑。唱响国歌，弘扬红色文化的革命精神，不断丰富新时代中国特色社会主义文化内涵。激昂澎湃的旋律仍会给予我们最强的信念，仍会鼓舞我们向着中华民族伟大复兴的中国梦奋勇前进！

扫码观看　　　扫码收听

《春天的故事》
春风啊吹绿了东方神州

作者：张成然

　　去过深圳博物馆的人都看到过，在其改革开放史主题展览馆中有两幅浮雕：一幅内容是牌坊矮屋、渔船耕牛、农田果园；一幅是穿云高楼、蝴蝶状高架、火箭头高铁。这些是改革开放 40 年时间深圳所呈现的巨大变化。1978 年，党的十一届三中全会胜利召开，中国共产党经过社会主义建设时期的艰辛探索和曲折发展后，迎来了一次伟大觉醒——改革开放。在这个关键时刻起到决定性作用的便是中国社会主义改革开放和现代化建设的总设计师，中国特色社会主义道路的开创者——邓小平同志。《春天的故事》便是一首热情歌颂邓小平制定的改革开放政策，以及改革开放政策给中国带来的巨大变化的歌曲。

唱响主旋律
CHANGXIANG ZHUXUANLÜ

一九七九年
那是一个春天
有一位老人
在中国的南海边画了一个圈
神话般地崛起座座城
奇迹般聚起座座金山
春雷啊唤醒了长城内外
春晖啊暖透了大江两岸
啊　中国　啊　中国
你迈开了气壮山河的新步伐
你迈开了气壮山河的新步伐
走进万象更新的春天
一九九二年
又是一个春天
有一位老人
在中国的南海边写下诗篇

天地间荡起滚滚春潮
征途上扬起浩浩风帆
春风啊吹绿了东方神州
春雨啊滋润了华夏故园
啊　中国　啊　中国
你展开了一幅百年的新画卷
你展开了一幅百年的新画卷
捧出万紫千红的春天

　　《春天的故事》是一首脍炙人口的经典红色歌曲，其创作背景是改革开放总设计师邓小平南行指定珠三角为经济特区后，深圳特区经济飞速发展。1992 年，词作家蒋开儒在报纸上看到了长篇通讯《东方风来满眼春》，文中报道了深圳飞速发展的景象，蒋开儒因此希望能够实地考察，便只身前往了深圳。到达深圳的蒋开儒被眼前的景象所感染，从而决定留在深圳。1993 年 3 月 7 日，蒋开儒完成了《春天的故事》歌词创作，在《深圳特区报》发表，1994 年王佑贵完成了整曲的创作。

　　该曲写法通俗，充满生活气息，比喻清新贴切而又充满深情，记下了深圳乃至整个中国的变化，写出了人民对改革开放的拥护和对小平同志的崇敬，是真正的百姓心声。虽是歌曲，《春天的故事》却有史诗般的气势，同时又十分亲切，使人如沐春风。作为中国改革开放的代表曲，先后获得了中央电视台第二届音乐电视大赛金奖、中宣部第六届"五个一工程"奖、金钟奖等奖项，成为获得国家奖项最多的歌曲。

自然界的春风，是不可抗拒的生命力的象征，是给万物带来新生的使者。

"春风啊吹绿了神州大地"，这一"春风"便是改革开放。改革开放使中华民族迎来了从富起来到强起来的伟大飞跃；使社会主义迎来了从低潮到高潮的伟大飞跃；使中国现代化迎来了从追赶时代到引领时代的伟大飞跃。

在《春天的故事》的歌词中13次提到了"春"字，以春来比喻一个民族的腾飞、国家的腾飞。那春季是如何形成的呢？

春季的中国田园

其实春天也有不同的定义方法，在气候学上以连续 5 天日平均气温稳定在 10 ℃以上为春季的开始。从节气意义上讲，我国春季的开始是在立春（2 月 2 日至 5 日之间），春季的结束在立夏（5 月 5 日至 7 日之间）。但是殊途同归，春季万物生机萌发，一片欣欣向荣。

1. 春天有哪些节气?

春天包含着 6 个节气：立春、雨水、惊蛰、春分、清明、谷雨。立春意味着新的一个轮回已开启，乃万物起始、一切更生之意也。雨水标示着降雨的开始，俗话说"春雨贵如油"，适宜的降水对农作物的生长非常重要，这个时候，降雨逐渐增多，但降水量较少。所谓惊蛰，便是春雷始鸣，惊醒蛰伏于地下越冬的蛰虫。到了惊蛰，阳气上升，气温回暖，春雷乍动，雨水增多，万物生机盎然。"春分"这个名字，具有两重意义，一是指一天的昼夜平分，各 12 小时；二是春分是春季的第四个节气，平分了春季。在气候上，春分也有比较明显的特征。自这天以后，气候温和，雨水充沛，阳光明媚，我国大部分地区的越冬作物进入春季生长阶段。清明时，气清景明，万物皆显，因此得名。清明，既是节气，又是节日。节气中的清明，是春耕春种的大好时机；节日的清明，是民间寄放情感和慰劳自己的传统日子。谷雨取自"雨生百谷"之意，此时降水量明显增加，谷类作物茁壮成长。

2. 为什么有些地区没有春天一说?

摘春花泡茶,听夏风浅吟,看秋情如画,赏冬雪寒梅。世界上每个人都能享受四季的诗情画意吗?其实并不然。地球上并不是所有的地区都四季分明。赤道附近的热带常年处于夏季,南北极地区常年处于冬季,四季分明主要表现在温带。也就是说,只有这些地区的人们才能感受到由冬经春的温暖和蓬勃生机。

原来,地球一直不断自西向东自转,与此同时又绕太阳公转。而地球公转的轨道又是一个椭圆的形状,太阳始终位于一个焦点上。地球在不断公转的过程中,地轴与公转轨道始终保持 $66°34'$ 的交角,即地球始终是斜着身子绕太阳公转。因此太阳直射点一年之内在南北回归线之间移动,地球各区域一年之内所接受的热量不同,进而形成四季。

由于太阳直射区域处于南、北回归线之间,因此该区域阳光总是近乎直射,所以一年中该区域的气温较高且变化不大,被称为热带。热带区域无四季更迭,均为夏季。

而位于地球南北两端的南极和北极,常年为冰雪所覆盖,气候寒冷,被称为寒带。当太阳光线照射到南回归线时,太阳无法照射到北极地区,因持续多日没有阳光,此时北极气温达到最低,俗称冷季;而当太阳光线照射到北回归线时,北极地区出现连续多日 24 小时日照不止的现象,此时该地区气温明显回升,被称为暖季。即使是暖季,由于两极接受的阳光角度大、辐射较少、气压高、热度丧失快等原因，两极气温也几乎在 10 ℃以下。南极圈的气候更加寒冷。因此，通常指的一年四季，主要表现在温带，也就是太阳从南回归线和北回归线到南极圈和北极圈之间的区域，这就是为什么有人说只有温带有春天。

3. 春节是怎么来的？

春节有着悠久的历史，是我国当今最受重视、持续时间最长的传统节日。春节有狭义广义之分，狭义的春节一般指中国农历年的岁首，即农历正月初一，民间广义的春节是指从腊月初八的腊祭或腊月二十三、二十四的祭灶，一直到正月十五。

春节因"春为岁首"而得名。春节的由来也很有趣，传说主要有三个故事。

一是源于一位叫万年的青年。距今很多很多年前，万年受移动的树影、山上滴泉启发，设计出可以测日影、计算天时的晷仪和五层漏壶。而且他发现了一个自然规律，那就是每隔三百六十多天，天时的长短就会重复一遍，而且有十二个月圆日。国君祖乙闻言大喜，为万年修建阁楼，筑起日晷台和漏壶亭，希望万年能够测准节令，创建历法，造福苍生。有一次祖乙到阁楼，万年指着天象对祖乙说："十二月满，新的轮回即将开始，祈请国君定个节吧。"祖乙说："春为岁首，便叫春节。"于是，春节就问世了。

第二个关于春节由来的故事和我们熟知的舜有关。相传在公元前

2000 多年，尧将部落联盟首领的位置禅让给了舜。舜正式即位这天，为证自己的名正言顺，带领部落人员祭拜天地。这一天被众人当作是正月初一，也就是一岁一年的第一天。后来，新年又改称春节，便一直沿用至今。

第三个故事就是年兽传说。年兽又称"夕"，是古代汉族神话传说中的恶兽。它在每年的年关都要出来伤人，于是灶王爷上天宫请来了一位叫作"年"的神童。"年"的法力不俗，用红绸和放在火中烧得噼啪作响的竹竿消灭了夕兽。这一天正好是腊月的最后一天，老百姓为了感谢和纪念"年"在这一天除掉了夕兽，就把农历每年的最后一天叫"除夕"，把新年的第一天叫作"过年"。

4. 为什么元旦不是春节?

传说中国于数千年前的三皇五帝时期就有了"元旦"一词。《晋书》里有关于"元旦"的最早记载："颛顼（zhuān xū）以今之孟春正月为元，其时正月朔旦立春。"元旦，"元"是第一的意思，"旦"指的是太阳在地平线上升起，"元旦"就是"一年的第一个早晨"，有"开端"的意思。北宋王安石的《元日》七言绝句，"爆竹声中一岁除，春风送暖入屠苏。千门万户曈曈日，总把新桃换旧符。"在民间广泛流传，就是描述春节的。

那为什么现在"元旦"不是春节呢？实际上，在民国以前，中国的元旦都指的是春节。民国初年，当时的政府为跟世界保持一致，想把整个公历作为时间体系，于是公历 1 月 1 日被定名为"元旦"，传统的元旦则更名为"春节"。但因农业生产受到影响，强行过公历新年、禁止过农历新年等政策被当时的百姓所抵制，加之还有民国纪年的使用，这个舶来品"元旦"始终没有成为正式节日。1949 年 9 月中国人民政治协商会议第一届全体会议确定，"中华人民共和国的纪年采用公元"，同时保留了传统的农历时间体系，因此，在推行时被人们普遍接受。现在我们既过上了和世界同频的公历"元旦"节日，同时也享受传承传统的"春节"文化。

春天是一年的初始，人们会在春天种下种子，也意味着新生的希望。《春天的故事》歌词中的"春天"，寓意着中国崭新的开始，孕育着改革开放的种子。

四方学党史
SIFANG XUEDANGSHI

"1979年那是一个春天，有一位老人在中国的南海边画了一个圈，神话般地崛起座座城，奇迹般地聚起座座金山……"听着这首歌，我们仿佛看到邓小平同志站在中国地图前指点江山，寻找着中国经济腾飞的突破点，他在南海边找到了深圳，就在这个地方画了一个圈。其实，哪有什么神话和奇迹，有的是对民族复兴、国家富强的强烈渴望，是解放思想、实事求是的思想路线，是一次次黑暗中跌跌撞撞、摸爬滚打练就的高瞻远瞩、坚毅果敢。

1. 南海边画了一个圈

深圳地处中国华南地区、广东南部、珠江口东岸，东临大亚湾和大鹏湾，西濒珠江口和伶仃洋，南隔深圳河与香港相连。然而1979年，这里放眼望去还是一片荒芜的小渔村，谁也不承想，它的命运就在这一年开始转折。经过40多年的发展，这个当年的小渔村已经成为粤港澳大湾区四大中心城市之一、国际性综合交通枢纽、国际科技产业创新中心、中国三大全国性金融中心之一。目前，深圳"水陆空铁"口岸俱全，是中国拥有口岸数量最多、出入境人员最多、车流量最大的口岸城市。

这一切，要从 1978 年底中共中央在北京召开的十一届三中全会说起。这次会议作出把党和国家的工作重心转移到经济建设上来，实行改革开放的伟大决策；会议实际上形成了以邓小平为核心的党中央领导集体。邓小平指出：搞建设，也要适合中国情况，走出一条中国式的现代化道路。

1979 年 7 月，中共中央、国务院同意在广东省的深圳、珠海、汕头三市和福建省的厦门市试办出口特区，初步勾画出改革开放的蓝图。

1980 年 8 月 26 日，第五届全国人民代表大会常务委员会第十五次会议批准《广东省经济特区条例》，深圳、珠海、汕头经济特区由此诞生。"时间就是金钱，效率就是生命。"仿佛一夜之间，公路、工厂、港口、码头和超高楼宇，在这片弹丸之地拔地而起，疯狂扩张。

2. 南海边写下新的诗篇

1992 年春天，邓小平先后到武昌、深圳、珠海、上海等地视察，并发表了一系列重要讲话，通称南方谈话。以邓小平南方谈话和党的"十四大"为标志，中国的改革开放和现代化建设进入了一个新阶段。

在深圳人记忆中，1992 年，邓小平的视察让整个城市感到振奋。邓小平说，改革开放迈不开步子，不敢闯，说来说去就是怕资本主义的东西多了，走了资本主义道路。判断是非得失的标准，应该主要看是否有利于发展社会主义社会的生产力，是否有利于增强社会主义国家的综合国力，是否有利于提高人民的生活水平。

邓小平同志精辟地阐述了计划和市场的关系问题。他指出："计划多一点还是市场多一点，不是社会主义与资本主义的本质区别。""社会主义的本质，是解放生产力，发展生产力，消灭剥削，消除两极分化，最终达到共同富裕。"

邓小平同志明确表态，基本路线动摇不得。"不坚持社会主义，不改革开放，不发展经济，不改善人民生活，只能是死路一条。"

3. 白纸上画出了最美最好的图画

40多年光阴流转，深圳已从边陲小镇发展成为国际化大都市。在一张白纸上画出了最美最好的图画，深圳前海（前海海港现代服务业合作区）作为"特区中的特区"成为国家新一轮改革战略前沿开放的热土和创新的高地！开放是中国的现实主义选择，因为西方社会有很多现代、先进的东西，世界有很大的可以延伸中国社会利益的空间，所以尽管中国与西方的政治体制不同，开放会有意识形态的压力和风险，但我们还是义无反顾地将国门越开越大。

改革开放是我们党的一次伟大觉醒，是决定中国命运的重大决策。邓小平是中国改革开放的总设计师，为中国步入改革开放建立了不可磨灭的历史功勋。邓小平关于改革开放的一系列话语，来源于人

高速发展的深圳特区

民，来源于生活，内容丰富，寓意深远，成为改革开放的经典名言。《春天的故事》表达了人民对邓小平的歌颂，以及改革开放取得的成绩的衷心赞美。抚今追昔，从歌词中，我们可以领略以邓小平同志为代表的中国共产党人带领中国人民对改革开放的艰辛探索和卓越贡献。邓小平领导的改革开放，像一阵春风，吹绿了东方神州；像一阵春雨，滋润了华夏故园，从此展开了新画卷。它像一座丰碑永远屹立在中国人民的心里。

党史人物 改革开放的排头兵

任正非（1944— ）

在改革开放的春风中，在短短的30余年的时间里，有一家公司从一个默默无闻的小公司逐渐发展为具有重大国际影响力的大公司。截至2022年该公司约有19.7万名员工，业务遍及170多个国家和地区，服务全球30多亿人，成为全球领先的ICT（信息与通信）基础设施和智能终端提供商。这个公司即华为技术有限公司，创始人便是勇立改革潮头的任正非。

"改革，就是必须用自身的风险去换取无穷的战斗力……今天我们要勇于改革、适当改革，并不是否定过去，而是时代所迫，是追求更高的目标。"

人物名片

任正非，男，1944年10月25日出生于贵州省安顺市镇宁县，祖籍浙江省金华市浦江县，毕业于重庆大学，中国共产党党员，华为技术有限公司主要创始人兼总裁。2005年入选美国《时代》杂志全球100位最具影响力人物；2018年入选中央统战部、全国工商联《改革开放40年百名杰出民营企业家名单》；2019年度中国经济新闻人物。

王选（1937—2006）

人物名片

王选，男，出生于上海，江苏无锡人，计算机文字信息处理专家，计算机汉字激光照排技术创始人，国家最高科学技术奖获得者、中国科学院学部委员、中国工程院院士，北京大学计算机研究所原所长。2018年被授予改革先锋称号，颁授改革先锋奖章，并获评"科技体制改革的实践探索者"。

科学人物 改革先锋

王选是我国早期计算机专业的佼佼者。20世纪70年代末，正值改革开放的发端，他坚持科研攻关，投入到汉字激光照排系统的研制中，大胆创新，跳过当时流行的二代机、三代机，直接跨越到第四代激光照排系统，并带领团队先后研制出八代激光照排系统，彻底淘汰铅字排版，告别了"铅与火"。之后，又成功研制远程传版技术，实现异地印刷报纸，告别了报纸传真机；成功研制彩色激光照排系统，告别了电子分色机；成功研制新闻采编流程计算机管理系统，告别了纸与笔；成功研制直接制版系统，告别了胶片。

总结强信念

ZONGJIE QIANGXINNIAN

聆听春天的故事，我们敬重一位国家领导人的眼光和胸怀；聆听春天的故事，我们触摸到一个民族自强不息的滚烫血脉；聆听春天的故事，我们深刻地感受到一个国家开拓奋进的步伐如同大潮汹涌澎湃。

伟大祖国改革开放 40 多年来发生了翻天覆地的变化。我们国家逐步开辟了一条适合中国国情的发展道路——中国特色社会主义道路，实现了从高度集中的计划经济体制向充满活力的社会主义市场经济体制的根本性转变，实现了从封闭半封闭到全方位开放的伟大转折，实现了人民生活从温饱转向基本小康的转变，综合国力极大提升。正如习近平总书记在博鳌论坛 2018 年年会开幕式上的主旨演讲中所说："40 年众志成城，40 年砥砺奋进，40 年春风化雨，中国人民用双手书写了国家和民族发展的壮丽史诗。"

春风吹活了万物，吹活了东方神州大陆。1979 年那个春天，邓小平提出了改革开放政策，这是中国历史上的伟大决定，是中国历史上的壮举！1992 年，又是一年春天，他来到南海边，展开了一幅百年的新画卷，正是这样的春天的故事，让中国活了，强了！中华民族富起来了！又一次完成了伟大飞跃，春风吹遍中国的每一寸土地，向世界展示一个万紫千红的中国。

扫码观看　　扫码收听

《不忘初心》

不忘初心　继续前进

作者：范伟娟

1921年，在中国满目疮痍的古老大地上，一艘不起眼的红船里诞生了一个伟大的组织——中国共产党，其始终坚守着"为中国人民谋幸福、为中华民族谋复兴"的初心使命，吸引着无数仁人志士、革命先烈、英雄模范人物前赴后继，投身到中国革命、建设、改革中。经过百年的不懈奋斗和追求，中国共产党不仅从50多名党员发展到9671万余名的大党，更是将中国从半殖民地半封建社会的泥沼里拖出来，把中国人民从水深火热中解救出来。历史的画卷在奋勇前进中舒展，时代的华章在砥砺前行中续写。2022年，习近平总书记在一次"迎接党的二十大"专题研讨班上强调，"前进道路上，全党要坚持全心全意为人民服务的根本宗旨"，"始终保持同人民群众的血肉联系，始终接受人民批评和监督，始终同人民同呼吸、共命运、心连心"。时代变幻，"红色基因"在接续，使命在肩，初心如磐。

唱响主旋律
CHANGXIANG ZHUXUANLÜ

万水千山不忘来时路

鲜血浇灌出花开的国度

生死相依只为了那一句承诺

报答你是我唯一的倾诉

树高千尺根深在沃土

你是大地给我万般呵护

生生不息只为了那一份托付

无惧风雨迎来新日出

你是我的一切我的全部

向往你的向往

幸福你的幸福

不忘初心

继续前进

万水千山

最美中国道路

　　《不忘初心》是由朱海作词，舒楠作曲，为纪念红军长征胜利80周年而创作。词作者朱海为寻找创作灵感，踏遍中国革命根据地的各个角落。采风期间，朱海常常思考一个问题，共产党人走过的革命历程，对于21世纪的人们意味着什么。在革命根据地，他看到当年小战士们写下的口号："让革命骑着马前进。"在中国航天集团，他看到1000多名博士正成长为国家航天事业的中流砥柱。在一次"七一"晚会上，他看到现场鼓掌最热烈的是年轻人。由此他得出结论，每一个时代每一个年轻人的理想，汇聚成了一个民族赓续奋斗的初心。最终，他们将民歌形式改为流行歌曲，5次修改词稿，用了60天创作出这首《不忘初心》。在纪念红军长征胜利80周年文艺晚会上，这首曲调悠扬、歌词暖心的《不忘初心》让人们重温了革命先辈用理想信念丈量路途的长征精神，被盛赞为"近年来听到主题歌曲的高峰之作"。2017年9月，该曲获第十四届精神文明建设"五个一工程"歌曲类优秀作品奖。2019年，入选中宣部"庆祝中华人民共和国成立70周年优秀歌曲100首"。

红军雕塑

　　"不忘初心"一词，最早出自唐代白居易《画弥勒上生帧记》中的"所以表不忘初心，而必果本愿也。"意思是时时不忘记最初的发心，最终一定能实现其本来的愿望。如今，"不忘初心"这饱含忠诚和充满真情的词语是镌刻在中国共产党人心上的使命担当。永远保持马克思主义先进政党的赤子之心，是中国共产党的精神之本、灵魂之根、生命之源。

　　而生命之源，对应的恰是"初心"之"心"。我们胸口偏左的那个位置上，那一下一下的美妙律动，正是来源于我们赓续奋斗的"发动机"。

1. 永不疲劳的"生命之源"

　　心脏如同一座坚实的堡垒。心脏位于人类胸腔中部偏左下方，它有着坚韧的外衣——心包。心包最外层是纤维心包，坚韧、伸缩性很小。紧贴着的是浆膜心包，表面光滑湿润，它又分为壁层和脏层。壁层贴着最外层的纤维心包，脏层紧贴着柔软的心脏。这两层之间还有个腔隙，叫心包腔，里面有少量稀薄而透明的心包液，有润滑作用。心包保持心的位置，防止周围的感染向心脏蔓延，限制心脏扩张，防止心内压上升时心脏迅速破裂；心包液的润滑作用，使心脏运动时减少摩擦。

将你的拳头攥紧，看看它的大小，这大概就是你心脏的大小。心脏约有 5 个鸡蛋那么重。心脏就像个水泵，推动血液进入血管，这些血管如果从头连起来，可以达到 96 000 千米，相当于绕地球赤道 2 圈还要多。心脏也有着非常扎实的肌肉组织——心肌，这是心脏有力收缩的结构基础。

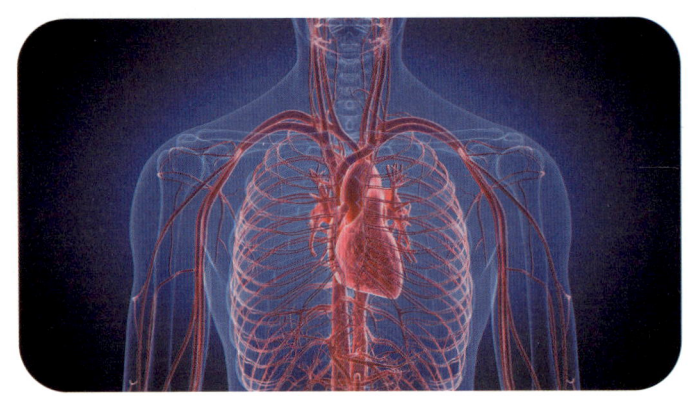

心脏

心脏如同一台永不停歇的发动机。心脏一刻不停地跳动，泵出富含氧气的新鲜血液输送全身，回收含有二氧化碳的静脉血到肺部和外界进行气体交换。如果心脏停止跳动，就意味着生命的终结。科学家们发现，心脏的工作量大得惊人。以心脏每分钟平均收缩 70 次计算，一天便达 100 万次，其搏出的血量，足够装满一节油罐。然而心脏却永不疲劳，这是为什么呢？因为心脏在每次收缩做功之后，便立即处于"完全不应期"，就像挂出了"现在我休息，请勿打扰"的"牌子"，从心电图上可以看出，心脏工作与休息的时间比例为 3∶5，也就是说在一天中，心脏只工作 9 小时，而休息的时间长达 15 小时，而且它是在疲劳之前就休息了。因此，心脏看似没有休息，实则有自己的休息模式，只是不能轻易被我们发现而已。这就是心脏永不疲劳、永不停歇的奥秘所在。

2. 心与脑的是非恩怨

纵观人类历史，心脏在我们的宗教、文学和哲学之中都代表着强大，过去一直被认为是我们丰富情感的发源地、思想与理念的核心所在。不管是中国文化还是其他国家的文化，都有用"心"来表示情绪情感的出处，如开心、心无杂念、心碎，也有"心病还须心药医"的说法。在诗歌中，心也被描述得无比浪漫，"从此无心爱良夜，任他明月下西楼"（李益《写情》），"心似双丝网，中有千千结"（张先《千秋岁·数声鶗鴂》）。从中国的汉字构成来看，一般人体器官对应的汉字是以"月"（与"肉"形近）为偏旁，如脑、肝、肺、脾等，而"心"不是。也许心被古人认为有着非凡神奇的结构，不是一般的器官，它代表精神、灵魂、情感等象征性符号和身体的中心。然而到了 17 世纪，科学家推翻了这个由来已久的观点。我们实际上是被大脑控制，心脏只是身体运转的机械泵，一个输送血液的绝妙好泵，仅此而已。

大脑由数十亿计的神经细胞组成，能够通过发送信息到不同的神经纤维——人体内的"信号线路"，以影响心率。当心脏接收到大脑通过交感神经传达的信号时，会跳得更快些，当它通过副交感神经收到信号时，跳动的速度会变缓。心脏原来是服从大脑指挥，人的心理变化也是受大脑的影响。科学家说，即使把心、肝都拿掉，在理论上，你仍然会坠入爱河，失恋仍然会感觉痛苦。这真是一个惊天逆转，原来开心也好，伤心也罢，心理其实跟"心"无关，而是和脑有关。有人戏谑，心理更应该叫脑理，"心理学"应该叫作"脑理学"。尽管如此，人们依然沿用了几千年的习惯。失恋的时候会说心碎，成功的时候会说开心，祝福的时候会说心想事成。

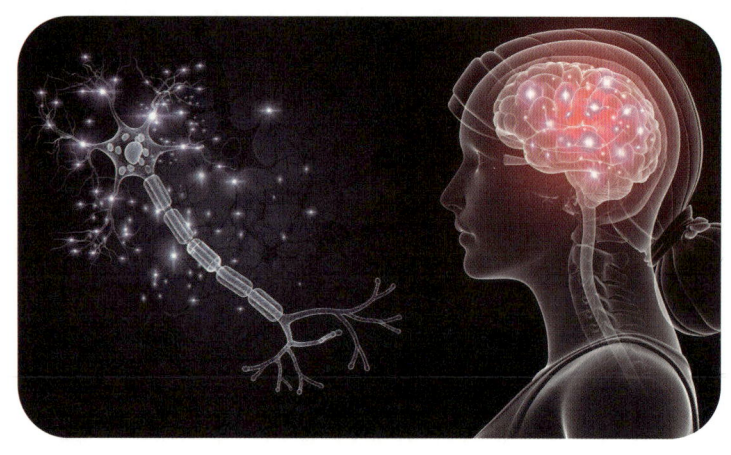

脑与神经细胞

心脏只是服从大脑指挥吗？为什么失恋的时候左侧的胸腔、那个心所在的位置依旧会痛？当感受到爱的时候，我们如此清晰地感觉到心里的幸福感似乎要溢出来。也有科学解释说，悲伤难过时，心交感神经变得活跃，心脏对能量消耗增加，进而导致心脏供血不足，引起短暂的缺血症状。外在症状表现为心率加快、血压升高、胸闷气短、心脏疼痛。科学理性的解释并不一定能满足人们感性的需求。况且，世上没有绝对的真理，而科学理论也一直被推翻更新。

从人类胚胎发育的过程可知，在胚胎形成的第 6 周便出现两条管道合并的心脏原基，虽然不具备心脏形态，但已经开始跳动。之后，胚胎渐渐出现一条封闭的循环血管，胚胎开始制造自己的血液。而神经管在第 7 周出现，后端部分形成脊髓，前端部分稍膨大，为脑的原基。第 8 周胚胎约长 20 毫米，心脏在腹侧呈一小突起，并轻轻跳动。也许时间点不一定精确，但是，当宝宝有心管搏动了，这才意味着生命的真正开始。

美国研究人员对 518 名平均年龄达 51 岁的人群长达 30 年的生理数据和日常行为数据进行追踪、分析后得出，年轻时保持心脏健康有助延缓脑萎缩。相比那些不在乎心脏健康的人，在年轻时即关注心脏健康并能保持心脏健康者，在中年后其脑容量更大。牛津大学一位教授近期的研究也令人深思，他发现心脏右心房的表面附着数百万的神经元，就像大脑里的一样多。神经元细胞赋予了人类思考的能力。那么，心脏中神经元存在的意义何在？也许心脏和脑这两个器官之间的真正关系要微妙得多。这些都有待科学的进一步探索。

初心，是宝贵人生最初的希冀和梦想，是美好人生开端的追求与动力，是从事崇高事业的承诺和信念，是艰难险阻境遇中的坚持与恪守。中国共产党人的初心是什么？对于这个问题，中共中央总书记习近平同志多次强调，共产党人的初心和使命就是为中国人民谋幸福、为中华民族谋复兴。为什么要"不忘初心"？就如心脏是生命的本源，一颗健康的心脏能为身体输送源源不竭的能量，而铭记初心、坚定理想信念不动摇，就是在心中高高耸立起精神支柱，奋斗就有了目标和能量，用权理政就有了正确的方向，战胜诱惑就有了钢铁屏障。

关于共产党人的初心，有一个故事做了非常好的诠释。故事从1920年2月开始。在浙江义乌分水塘村一间简陋的柴屋中，一位29岁的青年正在一个用木板和凳子支起的简易书桌上伏案工作。两部词典占据了书桌大部分位置。此后的几个月，他把自己封闭在这里，时而奋笔疾书，时而蹙眉深思，时而字斟句酌。累了，他就在铺板上短暂休息一小会儿；饿了，他就匆匆垫几口母亲送来的简餐。这个青年就是陈望道。伏案工作的几个月里，他正在翻译《共产党宣言》。原来，经过五四运动，宣传马克思主义变得十分迫切和必要。在市面上能够看到的大部分资料和图书是德文版、英文版、日文版，人们迫切需要一本中文版的《共产党宣言》。

早春的江南仍时有料峭春寒，柴屋年久失修，漏风漏雨。这天，陈望道的母亲送来粽子，还特地加了一碟红糖。红糖有御寒的作用，她特别嘱咐陈望道，吃粽子要蘸红糖。陈望道一边应着，一边把粽子蘸着墨水，错当红糖吃下去了。墨水和红糖的味道当然不一样，然而，完全沉浸在《共产党宣言》中的陈望道，竟全然品味不出两者的差异，吃得满嘴都是黑墨。母亲问他够甜吗，他还说够甜，够甜了。

"真理的味道是很甜"，这似乎是一个精彩绝妙的隐喻。《共产党宣言》所言明的，正是在中国先进分子心中回荡了良久的理想。在她的照耀和启发下，这批先进分子心中的理想，变得清晰、明亮和坚定起来。中国共产党就要诞生，党为中国人民谋幸福、为中华民族谋复兴的初心，也慢慢地形成和塑造起来了。

1920 年 4 月底，陈望道废寝忘食地将《共产党宣言》译好。8 月，《共产党宣言》第一个中译本出版了。此书一经问世，大受追捧，第一次印刷的一千册很快销售一空。1921 年，到上海参加中国共产党第一次全国代表大会的几位代表携带陈望道翻译的《共产党宣言》跨越了长江，把《共产党宣言》传到了中国北方。

1926 年春节，这本书被带到滨州市广饶县大王镇刘集村村党支部书记刘良才手里。不幸的是，刘良才后来被捕牺牲了，这本《共产党宣言》首译本的下落，也成了一个谜。

后来才得知，刘良才已预料自己将被捕，他将这本书交给支委刘考文，后又辗转到了党员刘世厚手里。刘考文也被捕牺牲。刘世厚平日里行事低调谨慎，忠厚老实，在农民堆里一点都不扎眼。他谨记着刘考文的话"生为《共产党宣言》生，死也为它死"，将书仔细包裹后藏在炕洞中、塞在粮囤下、掖在墙眼里，但未曾离开刘世厚的左右。在他的精心呵护下，这本书一次次躲过了敌人的眼睛，躲过了国民党反动派的搜索，躲过了日军的扫荡。1941 年初，1000 多名日伪军突然包围了刘集村，见人就杀，见房就烧，制造了骇人听闻的"刘集惨案"。老百姓被日军赶出村子。当时，刘世厚把这本书藏在屋山墙的"雀眼"中。被赶出村子后，刘世厚想到这本书还在自己家里，又冒着生命危险潜回村里。当时，他家的房子已经被点燃了，他冒着呛人的浓烟爬到"雀眼"处，小心翼翼地掏出书。真是万幸，持续两天的大火几乎烧尽了刘集村全部的家当，粮食、柴草、农具都烧光了，这本书却奇迹般地保存了下来。

三十年弹指一挥间。1975 年 1 月，周恩来总理在全国人大四届一次会议召开期间见到陈望道，充满期待地问："《共产党宣言》最早的译本找到没有？那是马列老祖宗在我们中国的第一本经典著作，找不到它，是中国共产党人的心病啊！"陈望道遗憾地摇了摇头。就在这一年，广饶县征集革命文物，84 岁的刘世厚将保存了 43 年的《共产党宣言》交给广饶县历史博物馆，这正是陈望道翻译的本子。

这就是这本书的故事，它受过血与火的洗礼，跨越空间和时间，经过数位共产党员的守护，完成了一次独特的惊心动魄的旅行。

这就是共产党人初心的故事。"生为《共产党宣言》生，死也为它死"。这本《共产党宣言》，曾经照亮和见证了共产党人的初心，共产党人则用自己的初心守护它；它曾塑造了共产党人坚定的理想信念，共产党人则用坚定的理想信念诠释它。

党史人物　信仰初心的传播者、践行者和坚守者　陈望道（1891—1977）

无论时局如何变幻，他始终坚信马克思主义，用一生的坚守诠释了马克思主义真理的力量。他就是陈望道，第一个把《共产党宣言》翻译成中文的人。大革命失败后，国民党反动派大肆捕杀共产党员，陈望道担任中华艺术大学校长，随后在这所学校诞生了著名的"左联"。抗日战争时期，他在"孤岛"上海坚持敌后斗争。1940年复旦大学迁到重庆后，他创办了我国第一个新闻馆，被称为"夏坝的延安"。解放战争时期，他组建华东地区16所高等院校"大学教授联合会"，大力推动"反内战、反迫害、反饥饿"运动，积极营救被国民党反动当局逮捕的进步作家和学生。纵观他的一生，一旦尝过了"真理的味道"，对马克思主义的信仰便从未改变，也正是信仰的初心使其肩负起马克思主义传播者、践行者和坚守者的使命。

人物名片

陈望道，男，中共党员，浙江金华义乌人。著名的思想家、社会活动家、教育家和语言文学家，五四新文化运动的积极推动者。1949年后历任全国人大常委会委员、全国政协常委、中国科学院哲学社会科学学部委员等职。

钟南山（1936—　）　科学人物　初心如磐的生命守护者

人物名片

钟南山，男，汉族，中共党员，福建厦门人，广州医科大学附属第一医院国家呼吸系统疾病临床医学研究中心主任，中国工程院院士，中国抗击非典型肺炎、新冠肺炎疫情的领军人物；获"共和国勋章"，国家科学技术进步奖一等奖和"全国先进工作者""改革先锋"等称号。

2020年新冠肺炎疫情暴发后，84岁的钟南山再次临危受命，第一时间奔赴武汉。如此疲惫奔波、顽强奋斗，只因他心中始终装着人民，装着国家，装着为民服务的初心。他敢医敢言，2013年"非典"暴发，他勇敢地否定了关于"典型衣原体是非典型肺炎病因"的观点；2020年，他提出新冠肺炎存在"人传人"现象，在疫情防控、重症救治、科研攻关等方面做出杰出贡献。从非典到新冠肺炎，他一直站在抗疫一线，成为公共卫生事件应急体系建设的推动者，成为人民生命的守护者。

总结强信念
ZONGJIE QIANGXINNIAN

　　不忘初心，方得始终。从中国共产党成立至今，百年奋斗路漫漫，盛世繁花正芬芳。2020年我国脱贫攻坚战取得了全面胜利，完成了消除绝对贫困的艰巨任务，创造了又一个彪炳史册的人间奇迹。但是，全面建成社会主义现代化强国、实现中华民族的伟大复兴还有很长一段路需要走。这是党和国家新的战略目标，无论在广度还是在深度上，都将是一场更广泛、更深刻的革命。

中宣部发布的中国共产党成立100周年庆祝活动标识。

前途漫漫，任重道远。这场革命需要每一个中国人参与。有健康的心脏，有强健的体魄，才能精力充沛，砥砺奋斗，勇往直前。

新的长征路上，面对一道道无形的"封锁线"，一个个看不见的"娄子关""腊子口"，更需要所有中国人民有坚强的精神之基，坚守初心使命，抱有必胜信念，在最困难的时候坚持下去，不断前进。

百年征程波澜壮阔，百年初心历久弥坚。"不忘初心，继续前进，万水千山最美中国道路"。歌声催人奋进，我们不会停步，向着第二个百年奋斗目标新征程迈进，加油，努力，再长征！

扫码观看　　扫码收听

02 地理篇

照到哪里哪里亮

　　《易经·系辞》中对"地理"一词曾这么描述:"仰以观于天文,俯以察于地理,是故知幽明之故。原始反终,故知死生之说。"自中华人民共和国成立以来,中国共产党领导中国人民在九百六十万平方千米的广袤大地上自强不息,奋力建设社会主义现代化强国。本章节选取了《浏阳河》等五首不同地区有关的经典红色歌曲,展现了我们伟大的党正如太阳照到哪里哪里亮,让整个中国走出黑暗,走向光明!

《浏阳河》

浏阳河，弯过了几道弯？

作者：龙承萍

浏阳河的风光独特而富有魅力，既有飞瀑流泉、急流深潭，隐藏于高山峡谷，如一条丝带铺陈于生机盎然的农村和城市，然而，它的丰富不仅仅在于它呈现了自然的多面性，为依赖它休养生息的人民提供了宝贵资源，还有那如河水一般孜孜不倦流淌的精神之源。1927年，毛泽东率领秋收起义部队在浏阳文家市举行秋收起义会议，决定到敌人统治力量薄弱的农村山区寻找落脚点。从进攻大城市转向农村进军，这是中国人民革命发展史上具有决定意义的新起点，也是浏阳从"困之于山久矣"的贫困县到2021年全国百强县第8位的重要转折点。

浏阳河

弯过了几道弯

几十里水路到湘江

江边有个什么县哪

出了个什么人

领导人民得解放

呀咿呀咿子哟

浏阳河

弯过了九道弯

五十里水路到湘江

江边有个湘潭县哪

出了个毛主席

领导人民得解放

呀咿呀咿子哟

1950 年 9 月，湖南省湘江文工团土改工作队来到长沙市东郊浏阳河畔的黎托乡，一边帮助农民土改分田，一边创作反映农民新生活的文艺作品，《浏阳河》就在此时诞生。当年 19 岁的词作者徐叔华就是文工团的一员，他有一副好嗓子，爱唱民歌。

湖南土改运动开始，当时湘江文工团一批搞文艺工作的年轻人被分成几个工作队下到田头采风，那种热腾腾的生活激情感染了他们每个人，尤其是徐叔华。一天，徐叔华正在田间转悠，听着独轮车碾过泥土时那欢快的咿呀声，他脑海里突然闪过丰收时农民在田埂上推送粮车的那一幕。那一刻灵感击中了他，于是他连夜创作了花鼓戏《双送粮》。《双送粮》一共分三段，反映了农民翻身分得土地的喜悦心情，今天的《浏阳河》便是其中第三段。

1959 年，阿尔巴尼亚艺术家代表团到湖南访问演出，提出联欢时唱 ·曲湖南民歌，经过接待方再三斟酌，决定把《双送粮》的第三段单独分出来唱，并以第三段的第一句歌词"浏阳河"作为歌曲名。于是，《浏阳河》作为独立的歌曲传唱开来。

浏阳河作为湘江的一级支流，位于湖南省东部，有大溪河和小溪河两个源流。

据《湖南通志》记载，浏阳河又名浏渭河，原名浏水。浏，意为清亮貌。因县邑位其北，"山之南，水之北，谓之阳"，故称浏阳。浏水又因浏阳城而得名浏阳河。

湘江与浏阳河交汇处

1. 浏阳河在湘江的东边，为什么江边有个湘潭县?

解放初期，浏阳是属于湘潭管辖，直到 30 多年后的 1983 年，浏阳才划归长沙市。《浏阳河》创作于 20 世纪 50 年代，因此，《浏阳河》歌词里"江边有个湘潭县"说法并没有错。

不仅如此，在解放初期，湘潭曾是湖南最大的地区，今天的株洲、岳阳、娄底 3 个地区都曾属于湘潭管辖。那时，湘潭称为湘潭专署，"专署"是原在省、自治区之下设立的政府派出机构，地位与级别比今天的地级市还要大。

湘潭专署的前身是长沙专署。1952 年，长沙专署正式改名为湘潭专署，辖长沙、湘潭、平江、岳阳、临湘、浏阳、醴陵、湘阴、攸县、茶陵、宁乡等 14 个县市。1958 年后，这些地方先后脱离湘潭管辖范围。到今天，湘潭已缩小为湖南最小的一个地区，总面积 5045 平方千米，只下辖韶山市、湘潭县、湘乡市 3 个县（市），总人口 280 余万。湘潭县是湖湘文化发祥地，它的过去、现在与未来，都应当让所有的湖南人深深铭记、关注与期待。

2. 湘潭县出了个什么人，领导人民得解放?

"湘潭县"的行政划分变动似乎也预示着其他新的变化。自曾国藩创办湘军以后湖南就有了从军习武的传统，毛泽东的父亲毛顺生也参加过湘军。在毛顺生 17 岁当家时，家无儋石，听闻参军有军饷便去从军了，并且把发放的军饷都仔细严慎地攒了起来。退伍回家后毛顺生便用这些军饷偿还了家中债务，经营起自己的小日子。在 1893 年迎来了第三个孩子毛泽东。由于长子、次子早殇，毛顺生很疼这个孩子，并寄予极大希望，手把手教他打算盘记账，希望他把家业越做越大。

可是毛泽东的志向不止于此，自从偶然结识了从长沙法政专科学校毕业的李漱清，接受民主思想熏陶，他"立志出乡关"。为此父子之间也有不少矛盾，但是毛泽东总能在规定时间内完成规定的农活，父亲便也不再干涉他了。16 岁的毛泽东离家去湘乡求学，给父亲留下了一首明志诗："孩儿立志出乡关，学不成名誓不还。埋骨何须桑梓地，人生无处不青山。"同时，随着时间的推移，父子俩的矛盾慢慢得以缓解。

毛泽东离开闭塞的韶山冲，在湘乡县东山新式学堂接触新学，后又来到长沙，在湖南第一师范学校求学，并在湖南省立图书馆通过阅读看见了广阔的世界，他开始把个人读书志向与寻找国家出路结合起来，寻找"改造中国与世界"的良方。

他带领我们建立了中华人民共和国，常被敬称为"毛主席"，还有另一个更亲切的称呼是"教员"。因为，1970 年在与斯诺谈话时，被对方称誉"伟大导师、伟大领袖、伟大统帅、伟大舵手"，毛泽东不满地回复："这些总有一天要统统去掉，只剩一个教员。因为我历来是当教员的，现在还是当教员。"

3. 浏阳河，弯过了几道弯?

中华人民共和国成立后，毛主席在中南海第一次听到的家乡戏便是《浏阳河》。那么浏阳河这条河流到底有什么无穷魅力呢？让我们来一探究竟。浏阳河干流向西而流，流经浏阳市、长沙县全境，进入长沙城区，最后注入湘江。其上游为杨潭乡（现高坪乡）双江口河段；中游为双江口至镇头市河段；下游从镇头市起始，在长沙市的陈家屋场注入湘江。浏阳河九道弯，广义泛指多，狭义则指浏阳河进入长沙县后直至注入湘江确实弯过了九道弯。

九曲浏阳河

4. 特色浏阳河

听长沙老口子（长沙方言，泛指经验丰富的前辈）说"浏"本意清澈。曾经的浏阳河是一个天然泳池，水面上是一艘艘的乌篷船，水面下是捞不完的大鱼小虾。

浏阳河源头是大围山峡谷花门河，东起花门龙王潭瀑布，西至双江口杨树湾，全程 7 千米。顺水漂流，急流深潭迭起，险峰、奇石、古树、鲜花、蓝天白云倒映水面。其水文呈现出急、险、奇、美的特征。

浏阳河中上游均被全封闭式大森林所覆盖，整个河道没有污染。一年四季河水清澈。河床两岸悬崖峭壁，森林茂盛。阳光被悬崖和森林所隔离，峡谷内涓涓泉水汇集，晶莹剔透，冰凉刺骨。

浏阳河主要有大溪、小溪两条支流，在浏阳城东面 10 千米处汇合。

浏阳河流域有开福寺、马王堆汉墓、陶公庙、许光达故居、黄兴故居、徐特立故居、谭嗣同故居、浏阳文庙、浏阳算学馆、孙隐山等文物古迹。谭嗣同故居位于湖南省浏阳市北正南路，始建于明朝末年，原为周姓祠宇，主体建筑占地 2000 多平方米。后由谭嗣同的祖父谭学琴（曾任浏阳县吏）买下，作为私第。清咸丰九年（1859 年），谭嗣同父亲谭继洵考取进士，官至湖北巡抚，因其地位显赫，奉旨命名其宅为"大夫第官邸"，故谭嗣同故居又称"大夫第"。

浏阳河畔还有湘绣、花炮、豆豉、茴饼、纸伞、竹编等特产。浏阳河东片地区已经建成"国际种都"。其河道中所产菊花石为世界一绝。

在浏阳河，你能饱览湖湘历史，目睹历史的痕迹，这里有看不完的美景，说不完的故事，道不完的快乐。《浏阳河》是一首广为流传的经典民歌，熟悉的湘味旋律萦绕了几代人的岁月。

毛主席爱听《浏阳河》。1971年他听完《浏阳河》后，情不自禁说"再来一遍"。

清同治年间《浏阳县志·御灾纪略》有记："浏地硗瘠，田地不在高岸，便入泥垆。三日不雨高者荒，三日雨低者又绝。"可以说解

湘东明珠——浏阳市

放前的浏阳没有一丘好田，吃饭基本靠老天；没有一条好路，外出基本靠脚走。而浏阳城有多大？抽一根烟的工夫就可以跑完全城。解放前，城区大街小巷 43 条，街道狭窄，居民住宅拥挤，无供水、供电及排污设施。城市面积只有 0.3 平方千米，最长的街也仅 500 米。1949 年的浏阳，无论是日常出行还是与其他地区的交流和沟通，或是外来投资与城市发展都相当的不便，以至于 1992 年改革开放初期，浏阳还是国家级贫困县，基础设施建设滞后，甚至有着长沙"小西藏"的戏称。截至 2020 年，浏阳市光境内高速公路就有 221 千米，市区与乡镇之间更是道道通畅、路路无阻。

如今，乘着市场经济的东风，浏阳人踏上了一条快速发展、集中发展的新道路。浏阳永安芦塘村居民文兆纯，颇为自豪地表示："百姓开汽车住别墅，比城里人还舒服。"如今的浏阳，早已发展成经济腾飞、百姓幸福、生态优美的"湘东明珠"。

浏阳既是革命老区，也是世界闻名的花炮之乡，还享有"中国花卉苗木之乡""中国蒸菜之乡""中华诗词之乡""中国优秀旅游城市"等美誉，也是中国发展改革试点城市、国家生态示范县。在浏阳人的思维里面，就是要敢为人先。浏阳焰火燃放设计师黄成说，浏阳人的精神就像浏阳花炮，既有古老历史的传承，也有现代科技的创新。

浏阳花炮响天下，天下花炮数浏阳。经过千余年的发展，如今浏阳已经形成了现代化的产业集群，成为全球著名的烟花爆竹生产贸易基地之一和世界"烟花之乡"。2008 年北京奥运会，浏阳花炮在北京上空绽放"奥运脚丫"，让世人看到浏阳花炮的美。从花炮产业的一枝独秀，到现在电子信息、生物制药、健康食品全面发展，敢为人先的精神让浏阳人在区域谋发展、在全国争地位、在全球引资源，完成了由穷到富和由富到强的华丽转变。

浏阳河上绽放的烟花

党史人物 以歌抒情的中国女高音歌唱家 李谷一（1944— ）

"难忘今宵，难忘今宵，无论天涯与海角……"每年除夕我们都会在电视机前期待着这一熟悉的歌声，与全球同胞共同迈进新年。作为《难忘今宵》的原唱，李谷一还有许多我们耳熟能详的歌曲，《浏阳河》也是其中之一。

1983 年，39 岁的李谷一登上了首届央视春节联欢晚会，自此变成了央视春晚的常客，"被岁月温柔以待的李谷一老师，是春晚上真正的不老常青树"！

李谷一的歌声轻巧甜美，行腔流畅婉转，她将自己的艺术工作与改革开放紧密相连，用作品抒发了民族的豪迈、人民的心声。

人物名片

李谷一，女，出生于云南省昆明市，祖籍湖南长沙，17 岁入选湖南省花鼓戏剧院成为演员，30 岁调入中央乐团成为独唱演员。

陈康白（1898—1981） 科学人物 来自浏阳河畔的红色科学家

人物名片

陈康白，原名陈运煌，男，生于湖南省长沙县麻林桥乡，毗邻浏阳市，中国共产党杰出的科学教育家，延安自然科学院的缔造者之一，哈尔滨工业大学军工奠基人之一。曾任参事等职。

陈康白在化学方面造诣颇深，曾在德国哥廷根大学从事化学研究，师从 1928 年诺贝尔化学奖获得者阿道夫·温道斯。1937 年 7 月 7 日也是陈康白生日，当天夜里远在中国北平突发的"七七事变"让刚满 33 岁的陈康白毅然决定回国，赴延安。在延安期间，陈康白与同事忙于解决边区的科技难题。他们制造出马兰草纸，解决了延安的用纸难题；改造制盐工艺，解决食盐产量低的难题。陈康白也学习了马克思主义等进步思想理论，完成了由一名化学家到红色科学家的转变。

总结强信念
ZONGJIE QIANGXINNIAN

　　一条名河，一位伟人，一首民歌，赋予了浏阳河丰富的文化内涵。抚摸这座古城的躯体和灵魂，感觉在浏阳河的每一道弯里、每一朵浪花中，在浏阳千年历史的每一个角落，在中国革命和社会主义建设的每一个阶段，总有一股滚烫的精神热流，在湖南人的血脉中化成一股力量，开创着一个时代的梦想。在《浏阳河》的歌声里，在绚烂的烟花下，湖南人对中国文化进行了传承和创新，把改革的喜悦和力量散播全国，把深厚的情谊传遍世界。音乐的旋律，穿透了几代人的岁月，回荡在历史的每一个角落，激励着一代代人继续奋勇前进。

扫码观看　　　扫码收听

《我爱五指山，我爱万泉河》
我爱五指山的红棉树

作者：齐心

  这里有高耸入云的五指山，有蜿蜒流淌的万泉河，还有那灼灼开放的木棉花。这里是天涯海角，这里是海南。四季如夏、鲜花常盛是它的风韵，蓝天碧海、阳光沙滩是它的外表。在这片热情的土地上，中国共产党领导海南人民建立了革命根据地，成立了琼崖纵队；在这里，开展了长达 23 年的艰苦卓绝的武装斗争。最终，中国共产党领导海南人民将海南从一个边陲海岛发展成为我国自由贸易的重要窗口。

我爱五指山

我爱万泉河

双手接过红军的钢枪

海南岛上保卫祖国

啊，五指山

啊，万泉河

你传颂着多少红军的故事

你日夜唱着红军的赞歌

我爱五指山的红棉树

红军曾在树下点篝火

我爱五指山的红石岩

红军曾在石上把刀磨

这首歌曲由郑南填词，刘长安谱曲，游国平首唱，1989 年李双江演唱的版本获得第一届中国金唱片奖。在创作这首歌的时候，郑南和刘长安都未曾到过海南，通过翻阅浏览大量的资料，深入了解了发生在海南的革命故事之后，郑南有感而发写下歌词。彼时二人都在广东生活，刘长安便在短时间内一气呵成完成了谱曲的工作。

这首歌曲借鉴了海南民歌《五指山歌》的音乐元素，采用大调式的手法，处处散发阳刚之气却不失优美，演唱者以自身高亢嘹亮、热情似火的歌声，使听众无不感到振奋，感到热血澎湃。这一首歌为我们呈现了一个红色的、革命的海南，而非现代旅游者眼中的热带风情之岛。

随着歌曲的传唱，越来越多的人了解了海南的红色革命故事，记住了海南，爱上了海南。1987 年，为了再次向全国人民宣传海南，李双江在央视春晚演唱了这首歌。2005 年，神舟六号太空飞船带着《我爱五指山，我爱万泉河》飞上了太空，这首经典名曲响彻于广袤的宇宙。

1. 走进海南

歌词中的"五指山"位于我国海南省。

海南岛是我国最大的热带岛屿，其位置优越，靠近国际深水航线，可利用港口发展外向型新经济。就地形地势而言，海南岛以山地丘陵为主，地势中间高，四周低，以鹦歌岭和五指山为隆起核心，构成阶梯结构。故较大河流都发源于中部山区，构成辐射状水系。就气候而言，这里以热带季风气候为主，光照充足，雨量充沛，长夏无冬，稻可三熟。

五指山位于海南岛中部，海拔 1867.1 米，是海南省最高的山脉，海南的主要江河皆从此地发源。由于长期受到自然外力的侵蚀，山脉高低起伏，状似五指，由此得名。由于热带季风气候和地形因素，五指山冬无严寒，夏无酷暑，具有热带原始森林景观和明显的垂直地带分布规律。五指山景色秀丽，可见高峰入云，树木互相轩邈；可见清流激湍，瀑布飞流直下；亦可闻虫声千转，猿鸟欢悦啼鸣。

五指山秋韵

　　万泉河，发源于五指山，全长 163 千米，流域面积 3693 平方千米，为海南岛第三大河。万泉河流域属于热带季风气候，年平均气温较高，年温差较小，干季雨季明显。万泉河上游山峦起伏，地势崎岖，河流湍急，落差大，水能资源丰富；中下游地区水流平缓，河面开阔。万泉河风景如画，颇具"水皆缥碧，千丈见底；游鱼细石，直视无碍"之韵。

万泉河风光

苏轼谪居海南儋州，返回北方时曾言，"九死南荒吾不恨，兹游奇绝冠平生"（《六月二十日夜渡海》）。作为一个热带海岛省份，海南一直具有得天独厚的旅游资源，如今有热带海滨风光、热带特色动植物、生态园林、名山奇峰，亦有少数民族黎苗文化、文物古迹。各种特色景点名扬海内外：五指山、亚龙湾沙滩、天涯海角、分界洲岛、南山海上观音……

2. 美丽的红棉树

歌词中的"红棉树"即木棉树，别名吉贝、英雄树等，是源于民间的一个传说：相传在五指山有一位名叫吉贝的老人，因带领部落族人屡次打败前来侵犯的异族得到人民的爱戴，被尊为部落的老英雄。后因叛徒出卖，被敌人围困于大山之上，身中数箭仍巍然屹立不倒。他的身躯化为木棉树，箭翎化为树枝，鲜血化为殷红欲燃的花朵。后人为纪念吉贝，便以其名命名木棉，尊木棉为英雄树。

木棉树花红似火，自古以来，其美丽形态和坚韧不拔、积极向上的品质备受文人墨客的喜爱：有"几树半天红似染，居人云是木棉花"（刘克庄《潮惠道中》），"一声铜鼓催开，千树珊瑚齐列"（张维屏《东风第一枝·木棉》），描绘其灼灼欲燃之态；亦有"今日致身歌舞地，木棉花暖鹧鸪飞"（李商隐《李卫公》），借以诉离别愁绪；更有"浓须大面好英雄，壮士高冠何落落"（陈恭尹《木棉花歌》），歌颂其勃勃英姿。

　　木棉树是生长于热带或亚热带的木本植物，木棉科，属落叶大乔木。树干通直，高可达 25 米，树皮呈灰白色，幼树树干有短且粗的圆锥状皮刺，老树的基部会形成板根。树叶呈椭圆形，状复叶互生；花朵硕大，呈红色或橙红色，花期为 3—4 月。树形美观，花朵繁盛时状如火炬，给人以生机盎然、欣欣向荣之感。

　　木棉树喜温暖干燥和阳光充足的环境，耐旱，不耐寒，忌积水。适宜生长的温度在 20～30 摄氏度。生于海拔 1400 米以下的稀树草原和干热河谷，也可生长在沟谷季雨林内，但宜种植在排水良好、光照充足之地，砂质土和重黏土均适宜，喜酸性土，对肥力的要求不高。

　　海南地区主要的土壤类型有淡泥砂砖土、砂黄砖土（属砖红壤）、麻褐燥土（属赤红壤），皆呈酸性。由此可见，海南在光照、气温、土壤、排水等方面均具有适宜木棉树生长的条件。

　　木棉树还有医用价值，《海药本草》记载，木棉皮"主腰脚不遂，顽痹腿膝疼痛，霍乱，赤白泻痢，血痢，疥癣"。《日华子本草》中记载木棉皮具有"治血脉麻痹疼痛，及煎洗目赤"的作用。

　　木棉花亦为广州市市花。在 1927 年 12 月 11 日，中国共产党在广州领导发动反抗国民党反动统治的武装起义，史

木棉树

称广州起义。革命军浴血奋战，不畏牺牲，"万里长空且为忠魂舞"（毛泽东《蝶恋花·答李淑一》），黄花岗七十二烈士的精神，千千万万革命者的精神，就如同木棉花一般，灼灼其华，绽放于我们的心中。

它代表的，是一种坚毅执着、坚强不屈、不畏艰险的精神；是"吹尽狂沙始到金"的坚毅态度；是"烈火焚烧若等闲"的英雄气概。

3. 古代的崖州

崖州是中国最南端的古州城，现属海南三亚天涯区的著名旅游景点"天涯海角"，也曾归属于崖州管辖。雍正年间，时任清朝崖州知州程哲在天涯湾的一块巨石上刻上了"天涯"二字，抗日战争期间，时任琼崖守备司令的王毅，在邻近的一块巨石上又刻下了"海角"二字，两块巨石相互响应。于是，海南这块海滨之地变成了名副其实的"天涯海角"。

海南崖州在古代是著名的流放地。海南岛是一座孤岛，远离陆地，物质贫乏，地处于南北纬 23.5°之间，属于热带地区，全年"长夏无冬"，气候和饮食让人难以适应，朝廷借助这块荒芜之地的恶劣环境和心理上的折磨，让流放之人受苦受累，甚至自生自灭，因此自汉代以来就有许多犯官和犯人被流放至此。如唐朝宰相李德裕，北宋名臣苏轼，两宋抗金名将李钢，南宋名臣赵鼎、胡诠等。

四方学党史

SIFANG XUEDANGSHI

　　筚路蓝缕，以启山林；胼手胝足，造炬成阳。中国共产党人始终以"为有牺牲多壮志，敢教日月换新天"（毛泽东《七律·到韶山》）的信念，用鲜血和生命践行着革命信仰；以"万水千山只等闲"（毛泽东《七律·长征》）的英勇气魄，逢山开路，遇水架桥，使海南发生了翻天覆地的变化。

　　1926 年，中共琼崖第一次代表大会秘密召开。1927 年 11 月，琼崖特委确立了建立革命根据地的方针。琼崖革命根据地在中国共产党的领导下，进行了长达 23 年的艰苦卓绝的武装斗争，为新民主主义革命的胜利和中华民族的解放事业立下了不朽功勋，同时也锻造了"二十三年红旗不倒"的"琼崖精神"，这是中国共产党宝贵的精神财富。

　　1927 年，中国共产党人吸取大革命失败的惨痛教训，认识到武装斗争的重要性。琼崖革命根据地积极传达八七会议精神，在海南发动武装暴动，并建立了苏维埃政权。随着革命之火愈燃愈旺，国民党政府对根据地进行多次"围剿"，但在中共党员不屈不挠的斗争之下，革命火种得以保存，革命武装力量不断扩大。

1931 年 5 月 1 日，在乐会县第四区革命根据地成立中国工农红军第二独立师第三团女子军特务连，整个连只有 103 人，除了一名 13 岁的小号兵、一名挑夫和一名庶务是男同志外，其余 100 人全是女同志。由此，中国工农红军第二独立师女子军特务连也被称为"红色娘子军"，在人民群众中也有"娘子军"的叫法。

1939 年，日军入侵海南岛，抗日的战火蔓延至海南。琼崖红军组建琼崖抗日独立队，创建琼文抗日游击根据地，同日军展开斗争。在抗日战争后期，琼崖根据地受到日军"蚕食""扫荡"和国民党反共顽军的两面夹击，遭遇前所未有的困境。对此，琼崖特委坚决实行"坚持内线，挺出外线"方针，广泛开展敌后游击战，向西南地区挺进和发展，直到抗日战争取得胜利。

1946 年，解放战争爆发。根据地军民在中共琼崖特委领导下，多次粉碎了国民党的"清剿"计划，次年 10 月，独立纵队改称为中国人民解放军琼崖纵队。在 1948 年至 1949 年间，琼崖纵队总共对国民党军队发动了 3 次大规模进攻，解放了大部分的城镇和农村。在反攻国民党军队的同时，琼崖纵队积极配合解放军第四野战军渡海作战，协助第四野战军分批成功潜渡海南岛，于 1950 年 4 月 23 日胜利解放海口，5 月 1 日，海南岛获得全境解放。

"琼崖精神"是孤军奋战的精神，革命根据地琼崖曾远离大陆和主力部队，两次长期"失联"，依靠独立自主的领导和坚定的理想信念坚持战斗；它也是妇女革命的精神，如马鞍岭战役中的女子军特务连，巾帼不让须眉。"琼崖精神"在历史上留下了浓墨重彩的一笔，

更是红色革命文化和地方人文精神相结合的充分体现。

迎着改革开放的春风，海南经历了从经济特区到自由贸易港的跨越。建立经济特区是我们党和国家为推进改革开放和社会主义现代化建设做出的重大决策，在党的十一届三中全会上，党中央决定兴办深圳、珠海、汕头、厦门 4 个经济特区，实施特区政策，发挥对全国改革开放和社会主义现代化建设的先锋和示范作用。1984 年，邓小平同志在视察深圳、珠海、厦门经济特区之后提出："我们还要开发海南岛，如果能把海南岛的经济迅速发展起来，那就是很大的胜利。"1988 年 4 月第七届全国人民代表大会第一次会议上，正式批准海南建省，划定海南为经济特区，海南成为继深圳、厦门、汕头、珠海后的新一个深化改革、扩大开放的平台和窗口。在 1987 年到 2017 年的 30 年间，海南地区的生产总值从 57.28 亿元上升到 4462.5 亿元，经过 30 年的努力，从一个边陲海岛蜕变为改革开放的重要窗口。

党的十九大以来，党中央决定建立海南自由贸易试验区，积极扩大对外开放，推进经济全球化。党中央对海南的改革开放寄予深厚期望，出台《关于支持海南全面深化改革开放的指导意见》，赋予海南经济特区以重人责任，也为海南深化改革开放注入了强人的动力。习近平总书记强调：新时代海南要高举改革开放旗帜，创新思路，凝聚力量，突出特色，增创优势，努力成为新时代全面深化改革开放的新标杆，形成更高层次的改革开放新格局。

在中国共产党的领导下，海南从一路荆棘坎坷中走来，向复兴光辉中走去！

党史人物 琼崖人民的一面旗帜

1929年2月和7月，设在海口市的中共琼崖特别委员会机关两次遭破坏，特别委员会领导人被捕牺牲。危急时刻一位勇士挺身而出，建议召开各县代表联席会议，重建中共琼崖特别委员会领导机关。他就是琼崖人民的一面旗帜——冯白驹。

冯白驹在极其艰苦的琼崖斗争中，始终保持着革命乐观主义精神。特别是坚持母瑞山斗争的时期，没有粮食就找山慈（菇），挖野菜，还把一种无名的野菜叫作"革命菜"。衣服破了，就剥树皮来做"百花衣"；没有被子，就用芭蕉叶遮盖身体。在那艰苦的岁月中，他还风趣地把白居易的《古原草》改为《母瑞山野火》——"莽莽母瑞山，敌困我自强；野火扑不灭，春风吹又旺。"以此鼓舞战士们的斗志。

冯白驹（1903—1973）

人物名片

冯白驹，男，原名裕球，又名继周、布文，海南省海口市琼山区云龙镇长泰村人。他创立了琼崖武装斗争"二十三年红旗不倒"的光辉业绩。历任中国工农红军琼崖独立二师师长，广东省人民抗日纵队琼崖独立总队队长，中国人民解放军琼崖纵队司令员兼政委，中共广东省委书记处书记，广东省、浙江省副省长等职。

张偲（1963— ）

人物名片

张偲，男，1963年出生于海南省文昌市翁田镇，海洋生态工程专家，中国工程院院士。

科学人物 海洋生态工程学术先锋

出生于海南的著名海洋院士张偲是我国海洋生态工程学术带头人，主要研究内容为海洋生物、海洋药物、海洋生物化学生态学。他把微生物研究和生态工程相结合，围绕"热带海洋微生物多样性的时空分布特征及其功能"关键生态工程科技问题，开展微生物多样性的观测、认知和利用研究，从而发展了热带海洋生态工程理论，促进热带海洋生态保护和生物资源利用的工程化，为发展中国海洋战略性新兴产业与海洋生态文明事业做出了突出贡献。

总结强信念
ZONGJIE QIANGXINNIAN

海南岛既是一座群山耸立、碧海包围的热带风情岛屿，又是一个充满着英雄气息和红色足迹的圣地。中国共产党人遇旷野必添新绿，遇沙漠必掘井泉，将革命与胜利的火种撒遍中华大地，亦点燃了这座热情的岛屿。

一代代海南人民也如这代表美丽与坚韧的木棉树一般，在这片繁茂的土地上，辛勤劳作，不畏艰难，建设家乡。

这座充满历史底蕴与风情的岛屿，引得世界各地的人们向往不已，从四面八方奔向这里。

扫码观看　　扫码收听

《南泥湾》
再不是旧模样，是陕北的好江南

作者：王炎

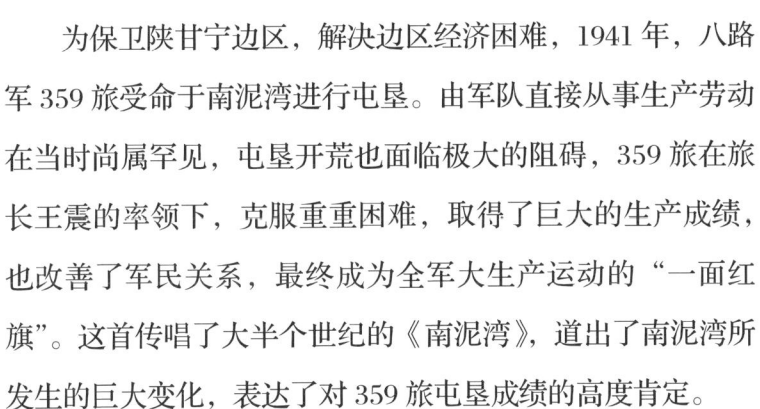

为保卫陕甘宁边区，解决边区经济困难，1941 年，八路军 359 旅受命于南泥湾进行屯垦。由军队直接从事生产劳动在当时尚属罕见，屯垦开荒也面临极大的阻碍，359 旅在旅长王震的率领下，克服重重困难，取得了巨大的生产成绩，也改善了军民关系，最终成为全军大生产运动的"一面红旗"。这首传唱了大半个世纪的《南泥湾》，道出了南泥湾所发生的巨大变化，表达了对 359 旅屯垦成绩的高度肯定。

花篮的花儿香

听我来唱一唱　唱一呀唱

来到了南泥湾

南泥湾好地方　好地呀方

好地方来好风光

好地方来好风光

到处是庄稼遍地是牛羊

往年的南泥湾

处处是荒山　没呀人烟

如今的南泥湾

与往年不一般　不一呀般

如呀今的南泥湾

与呀往年不一般

再不是旧模样

是陕北的好江南

陕北的好江南

　　1943年，《南泥湾》这首歌曲诞生在延安，是由贺敬之作词，马可为主要创作人的团队作品。1943年春节，延安鲁迅艺术学校的秧歌队来到南泥湾，向359旅的英雄们献上新编的秧歌舞《挑花篮》，《南泥湾》是其中的插曲。这首歌旋律优美、抒情，热情歌颂了开荒生产建立功勋的八路军战士，把荒凉的南泥湾改造成了美丽的"江南"。全曲可分为对比性的两个部分，前半部分曲调柔美委婉，后半部分欢快跳跃，最后采用5度上行的甩腔手法结束全曲。歌曲吸收了民间歌舞的音调和节奏，加上载歌载舞的表演形式，融抒情性与舞蹈性于一体，更加生动感人。

"如呀今的南泥湾，与呀往年不一般，再不是旧模样，是陕北的好江南……"南泥湾位于陕北延安城东南 45 千米处的一条狭窄溪谷。1941 年 3 月，八路军 359 旅在南泥湾开展了著名的大生产运动。广大官兵用自己的双手和汗水，将荒无人烟的南泥湾变成了"平川稻谷香，肥鸭遍池塘。到处是庄稼，遍地是牛羊"的"陕北好江南"。

1. 昔日南泥湾

陕北地区是革命老区，是中国黄土高原的中心部分，在陕西省的北部，所以称作陕北。总面积 92 521.4 平方千米。该地区东隔黄河，与晋西相望；西以子午岭为界，与甘肃、宁夏相邻；北与内蒙古相接；南与关中的铜川相连；其范围包括陕西省榆林和延安的 25 个县区。

该地区地势西北高，东南低，是在中生代基岩所构成的古地形基础上覆盖新生代红土和很厚的黄土层，再经过流水切割和土壤侵蚀而形成的，基本地貌类型是黄土塬、黄土梁、黄土峁、黄土沟等。塬，

是黄土高原经过现代沟壑分割后留存下来的高原面。

南泥湾坐落在延安市东南黄龙山地区，现辖于陕西省延安市宝塔区南泥湾镇。古时候南泥湾被当地人称为南阳府，但它并不是官府衙门，而是当时延安的一个偏僻小乡村，周围与金盆湾等几个集镇接壤，纵横 120 余里，经后来规划统称为南泥湾。南泥湾主要由南盘龙川、九龙川及两川汇合后的南阳府川构成。河川两岸土地肥沃，土地面积约计 1.5 万余亩（1 亩 ≈ 666 平方米），耕地适用面积超 100 万余亩，其余地区为广袤的森林地带。

历史上，陕北由于地理位置的优越性，逐步成为战争要塞，唐宋明三时期均派重兵进行把守。至清同治五年（1866 年）前，汉、回两族同胞聚居，该区域发展成为人口密集、经济繁荣的农业区，森林及草原面积减少。1871 年后，回汉两族之间经常爆发民族冲突，导致常住人口连年减少，田地荒芜无人管理；民国时期军阀混战，土匪横行，人民不得不背井离乡另谋生路，南泥湾地区至此由自然资源丰富、环境优美的富饶地区逐步沦为荆棘遍野、人迹稀少的荒凉地区，昔日的河川变成了烂泥湾。曾有人唱：南泥湾啊烂泥湾，荒山臭水黑泥潭；方圆百里山连山，只见梢林不见天；狼豹黄羊满山窜，一片荒凉少人烟。

2. 屯垦南泥湾

抗日战争进入战略相持阶段，日本对敌后抗日根据地发动了大规模的进攻，进行空前残酷的毁灭性的"扫荡"和"清乡"，企图摧毁敌后抗日军民的生存条件，消灭共产党及其领导的敌后抗日武装。同时，国民党顽固派的反共活动也日益加剧。1939年到1943年期间，国民党方面掀起3次"反共高潮"，调遣了数十万军队，在通往边区的道路上层层设卡，严格排查过往车队行人，封锁物资交换渠道，克扣华侨及外国友人的捐赠，叫嚷"一斤棉花、一尺布也不准进入边区"。时年，根据地还连续发生虫灾、旱灾等自然灾害，边区地广人稀，土地贫瘠，仅有140万群众，要担负起几万干部、战士和学生的吃穿用度，实在是一件难事。朱德说："几月来未发一文零用，各机关、学校、军队几乎断炊。"毛泽东说："我们曾经弄到几乎没有衣穿，没有油吃，没有纸，没有菜，战士没有鞋袜，工作人员在冬天没有被盖……我们的困难真是大极了。"

为了度过严重的经济困难，中共中央决定在不妨碍部队作战和训练的前提下，在各根据地开展以农业为中心的大生产运动，提出"自己动手，丰衣足食"的口号，动员军民一体发展生产。毛泽东在延安率先垂范，在杨家岭的办公楼下亲手开辟了一片荒地，种上辣椒、西红柿等蔬菜；朱德背着箩筐到处拾粪积肥；周恩来迅速成了纺线能手。朱德后来亲自到延安东南的南泥湾实地勘察。经朱德建议，中共中央同意，1941年3月，八路军120师359旅从绥德进驻南泥湾，一手拿枪一手拿锄，开展大生产运动。3年间359旅在旅长王震的带领下，披荆斩棘，开荒种地，风餐露宿，克服一切困难，掀起了空前高涨的开荒热潮，取得了多项傲人的成就，群众也自发搞起了劳动竞赛。凭着艰苦奋斗，上下同心，南泥湾从昔日荒草丛生，沼泽遍地的"烂泥湾"，实现了粮食大丰收，瓜菜堆如山，变成了"到处是庄稼、遍地是牛羊"的"陕北好江南"。1942 年，南泥湾生产自给率达到 61.55%；1943 年，生产自给率达到 100%。1944 年，359 旅共开荒种地 26.1 万亩，收获粮食 3.7 万石（一石 ≈ 60 千克），养猪 5624 头，上缴公粮 1 万石，达到了"耕一余一"。南泥湾到处呈现出一片大丰收的兴旺景象，其他根据地也纷纷效仿学习。大生产运动在当时减轻了人民负担，改善了部队生活，被毛泽东誉为"中国历史上从来未有的奇迹"。

1943 年 2 月，西北局高干会议上，毛泽东亲自为 359 旅 4 位领导干部题词，给王震题词"有创造精神"，并嘉奖了 359 旅全体将士，命名为"发展经济先锋"。同年 3 月，延安文艺界劳军团和鲁艺秧歌队 80 多人赴南泥湾劳军，萧三、艾青、田方等致慰问词。由贺敬之作词，马可谱曲的《挑花篮》中唱道："陕北的好江南，鲜花开满山，开满呀山；学习那南泥湾，处处是江南，又战斗来又生产，359 旅是模范。"从此脍炙人口的经典歌曲《南泥湾》诞生，后经著名歌唱家郭兰英一唱，唱遍了大江南北，唱得家喻户晓。

3. 如今的南泥湾

随着歌曲《南泥湾》的传唱，南泥湾地区一直是人们心目中的好山好水，陕北的好江南。然而，在此后的几十年，由于种种历史原因，南泥湾的发展很一般。几十年依旧是一条破旧的公路穿过一道破旧的沟壑土川，破旧的土川里生长着干黄的庄稼，满身尘土的农民在地里劳作，和普通的陕北农村并无多大区别。

2016 年底，当地政府开始大力实施乡村振兴战略，作出了开发建设南泥湾的战略决策，要再造人们心目中的"红色南泥湾，陕北好江南"。现在的南泥湾是以生态优先，绿色发展，把红色资源利用好，打造高质量稻米产业，建设现代农业物流园，建设高质量研究中心，打造乡村振兴示范村，培育发展农家乐等各项举措——显成效。节假日期间，大批游客纷纷来到心目中的"南泥湾"，学习革命历史，汲取红色力量，欣赏山川美景。如今的南泥湾，林草覆盖率达到87%，地表水质达到Ⅲ类。白鹳、黑鹳、金雕等国家级保护动物栖息于此，野大豆、沙芦草等国家重点保护野生植物随处可见。鲜艳的花田、青翠的荷塘、碧绿的稻田，南泥湾是名副其实的"陕北好江南"了。

如今的南泥湾

四方学党史

SIFANG XUEDANGSHI

1941年春，八路军359旅在旅长王震将军的率领下，进驻南泥湾，实行屯垦戍边。3年后，359旅官兵硬是把这个遍地荆棘、野兽出没、土匪骚乱的南泥湾，建成了"陕北好江南"。

1944年4月的一天，时任延安军分区司令员兼中共延安地委书记的王震，风风火火地赶到位于南泥湾的陕甘宁边区政府办公厅农场的场部，准备召开垦区成立大会，动员大家把南泥湾规范有序地开发和建设好。

院子里聚集了不少从山窝凹来的当地群众。他们席地而坐，三五成群地说着笑着。在大伙的介绍下，王震在人群中认识了南泥湾的劳动英雄朱玉环老汉。王震表扬朱老汉说："听说你经常指导部队和农场种庄稼，对我们开展大生产帮助很大。"朱老汉打断王震的话说："军队生产真厉害，每天早早就上山了，但种庄稼的套路不对头。俗话说'庄稼一枝花，全靠粪当家。'二连挑粪到地里，粪堆上不盖土，我就批评他们的连长'不压上土，太阳晒，风雨吹，粪劲就没了，不顶事嘛！'连长就让我教战士们沤肥的办法。党校农场韦场长见咱这么热心，几次叫我参加八路军，给农场当生产教官。我倒是心里想参加，就怕年纪大了干不好……"

朱老汉说者无意，王震可听了在心。他非常认真地对朱老汉说："在种庄稼上，你就是我们的长官，有权指导咱们的部队！"朱老汉回答道："那不敢，谁听我老汉的话？"王震躬身站了起来，他扫视了一下周围的人，指着七一八团团长陈宗尧说："陈团长，你听不听朱老汉的话？""听！"陈宗尧团长干脆利索地回答。王震又指了指另一个团长道："张团长，你呢？""听！"王震回转身对朱老汉恳切地说："你看，这些团长、场长都听你的话。'凡事要好，须问三老'，部队上哪块地庄稼种得不好，你都可以批评嘛！我委任你当农业生产副官，给你写个护照，你把它带在身上，不管 359 旅哪个单位，请你尽情批评指导，你看怎样？""成！成！"这位爽直开朗的汉子慨然答应。

毛泽东、朱德都认可朱老汉当王震的副官，指示他勇敢地当好生产副官，建设好南泥湾。王震还领了一套质地很好的新军服给朱老汉换上，把朱老汉"武装"了一番。

在南泥湾军民齐心协作下，1944 年底，南泥湾真正实现了"耕二余一"，甚至"耕一余一"。

党史人物　**359旅的传奇将领**

王震（1908—1993）

在一次视察上海宝山钢铁公司时，面对炉内近一千六七百摄氏度的高温，邓小平指着王震对大家说："他对党有3000度！"

战争时期，王震是一位传奇将领，以英勇善战著称，并立下赫赫战功。1938年冬，日军进军汾河，王震奉命阻击。战前，王震找了一口棺材，对战士们说："不夺取汾河，谁都不能活！我领头向前冲，要死我先死，死后就装进这口棺材里！"战士们听后个个如猛虎下山般冲向敌军，很快就取得了胜利。1940年底，王震响应毛泽东"自力更生、丰衣足食"的号召，率领359旅开垦南泥湾。1951年王震率军平定、开发新疆。1956年开创和领导新中国农垦事业，实现从无到

人物名片

王震，男，湖南浏阳人。1924年参加工作，1929年参加中国工农红军，获上将军衔。曾任中共中央政治局委员、国务院副总理、中共中央军委委员、中央军委常委、中共中央党校校长、中华人民共和国副主席等职。曾获一级八一勋章、一级独立自由勋章、一级解放勋章、一级红星功勋等荣誉勋章。

有、从小到大。晚年，王震几乎把全部的精力都投入到党的教育事业中。1993年3月王震病逝，按照他的遗嘱，捐献眼角膜，将骨灰撒到了新疆天山上，永远为中华民族站岗，永远向往壮丽的共产主义。王震奉献给党和人民的"3000度"，感动了一代又一代的中国人。

华寿俊（1912—1996）

科学人物　**陕甘宁边区的发明家**

人物名片

华寿俊，男，江苏宝应人。曾任中国科学技术大学高分子化学和高分子物理系首任系主任，首任中国科学院化学研究所党委书记、副所长，中国科学院西北分院副院长、党组成员等职。

延安革命纪念馆陈列着一种名叫"马兰纸"的纸张，它的发明者是当时延安的青年化学家华寿俊。抗战期间，纸张来源困难，边区的印刷纸张原料主要是废麻袋，产量少且质量低劣。华寿俊受命到造纸厂工作以提升印刷纸张的质量。在一次开荒劳动中，他被一种叫"马兰草"的植物缠住了锄头，发现其纤维的韧性很强，当地农民用来搓绳用。华寿俊喜出望外，立即试验、试制，成功地用马兰草造出纸来，不仅改善了边区缺纸的状况，且

制造出的纸张质量很好。边区政府又将制造钞票纸的任务交给了他。经过反复研究、试验，他圆满完成任务，且使钞票纸的制造时间大大缩短。陕甘宁边区政府授予他"劳动英雄""甲等劳动英雄"称号，朱德称他为"我们的发明家"。

总结强信念
ZONGJIE QIANGXINNIAN

　　陕北是中国的革命圣地。党中央和毛主席等老一辈无产阶级革命家在这里生活战斗过 13 年，留下了一大批宝贵的革命文物、革命纪念地和丰富的精神财富，"南泥湾精神"便是其一。八路军既能手持钢枪保卫江山，又能化剑为犁进行大生产运动，可见中国共产党及其领导下的人民军队在困境中奋起、在艰苦中发展的强大精神力量。这种精神是求生存、谋发展的一种志气、一种自信心，是我们民族的灵魂。正是靠这种精神，中国共产党领导人民战胜了前进道路上的各种艰难险阻，取得了革命、建设和改革事业的伟大胜利。其自力更生、奋发图强的精神内核，激励着一代又一代中华儿女战胜困难，夺取胜利。

扫码观看　　扫码收听

《珠穆朗玛》

你高耸在人心中，你屹立在蓝天下

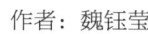

作者：魏钰莹

  在中国的西南边陲，青藏高原的西南部，有一座在世人眼里神秘不已的雪域高原——西藏，它历史气息浓郁、人文景观独特、自然景观壮丽，是名副其实的"高原明珠"。在西藏，更为神秘而雄伟的，是以世界第一高峰姿态矗立的珠穆朗玛峰，因终年积雪、空气稀薄，被称为人类的"生命禁区"。正因如此，珠穆朗玛峰吸引着无数人前往歌颂它、膜拜它，不断突破极限来征服它。

珠穆朗玛

珠穆朗玛

你高耸在人心中

你屹立在蓝天下

你用爱的阳光抚育格桑花

你把美的月光洒满喜马拉雅

珠穆朗玛

珠穆朗玛

我多想弹起神奇的弦子

向你倾诉着不老的情话

我爱你珠穆朗玛

《珠穆朗玛》是彭丽媛演唱的一首歌曲，由李幼容作词，臧云飞作曲，李幼容通过反手法来写，把副歌放在前面，让珠峰高洁伟岸的形象从一开始就树立在人们眼前，而演唱家充满情感的演唱也使得歌曲更加丰满而感人，不仅唱出了雪域高原的巍峨壮阔，也将一腔热血洒高原的英雄形象唱进了人们的心中。"天上之音"是它的主题，它神圣而高洁。主题 3 次出现之间，是它的 2 个插部。在插部进行中，伴以藏族的鼓声和起落的号声，它们节奏强烈，好似在诉说。这首歌给人两种感觉：一种是来自天外；一种是来自地面。这两种音乐慢慢交替，天上的音乐离人们越来越近，地面上的音乐也在向天上靠拢，所以到歌曲后半部分，达到了天地合一的意境。

珠穆朗玛峰，简称珠峰，是喜马拉雅山脉的主峰，同时是世界海拔最高的山峰，位于我国与尼泊尔交界处的喜马拉雅山脉中段。其北部在我国西藏自治区的定日县境内（西坡在定日县扎西宗乡，东坡在定日县曲当乡，均有珠峰大本营），南部在尼泊尔境内，也是中国跨越4个县的珠穆朗玛峰自然保护区和尼泊尔国家公园的中心所在。

1. 地理环境

珠穆朗玛峰山体呈巨型金字塔状，威武雄壮昂首天外，地势极端险峻，环境非常复杂。北坡雪线高度为5800～6200米，南坡雪线高度为5500～6100米。东北山脊、东南山脊和西南山脊中间夹着三大陡壁（北壁、东壁和西南壁），在这些山脊和峭壁之间又分布着548条大陆型冰川，总面积达1457.07平方千米，平均厚度达7260米。冰川的补给主要靠印度洋季风带两大降水带积雪变质形成。冰川上有千姿百态、瑰丽罕见的冰塔林，又有高达数十米的冰陡崖和步步都是陷阱的明暗冰裂隙，还有险象环生的冰崩雪崩区。

珠峰不仅巍峨宏大，而且气势磅礴。在它周围 20 千米的范围内，群峰林立，层峦叠嶂，仅海拔 7000 米以上的高峰就有 40 多座（包括非独立山峰）。在这些高峰的外围，还有一些世界极高山峰与珠峰遥遥相望：东南面有世界第三高峰干城章嘉峰（海拔 8586 米，尼泊尔和印度的界峰），西面有海拔 7952 米的格重康峰、海拔 8201 米的卓奥友峰和海拔 8012 米的希夏邦马峰。因此，珠峰周围群峰来朝、峰头汹涌，形成了波澜壮阔的场面。

珠穆朗玛峰群峰来朝

2. 地质演化

珠峰所在的喜马拉雅山地区原是一片海洋，在漫长的地质年代，从陆地上冲刷来大量的碎石和泥沙，堆积在这里形成了厚达 3 万米以上的海相沉积岩层。之后，强烈的造山运动，使喜马拉雅山地区受挤压而猛烈抬升，据测算，平均每一万年大约升高 20～30 米。如今，喜马拉雅山区仍处在不断上升之中，每年平均长高 4 毫米。随着时间的推移，珠穆朗玛峰的高度还会因为地壳板块的运动而不断变化。有趣的是，珠穆朗玛峰虽然是世界第一高峰，但是它的峰顶却不是距离地心最远的一点。这个特殊的"点"属于南美洲的钦博拉索山。珠穆朗玛峰高大巍峨的形象，在全世界范围内产生着巨大的影响。

3. 生物物种

珠穆朗玛峰山顶终年冰雪覆盖，冰川面积达 10 000 平方千米，雪线（4500～6000 米）南低北高。南坡降水丰富，1000 米以下为热带季雨林，1000～2000 米为亚热带常绿林，2000 米以上为温带森林，4500 米以上为高山草甸。北坡主要为高山草甸，4100 米以下河谷有森林及灌木。山间有孔雀、长臂猿、藏熊、雪豹、藏羚等珍禽奇兽。

4. 珠峰的测量

珠穆朗玛峰是喜马拉雅山脉的主峰，是地球第一高峰。精准的珠峰高程测量成果，是代表国家测绘科技发展水平的综合性测绘，是国家综合实力和科技发展水平的体现。

1975 年，在"登山、测绘、科考一体"的组织原则下，我国首次将 3.5 米的测量觇标矗立于珠峰之巅，通过 6000 米以上的 6 个测绘点，精确测得珠峰海拔高程为 8848.13 米。"中国人对珠穆朗玛峰的最早发现、命名与 1975 年首次精确测量"也入选了 2009 年《中国国家地理》杂志社与中国地理学会共同发起的"中国地理百年大发现"。

2005 年 10 月 9 日，根据《中华人民共和国测绘法》，国家测绘局应用"3S"及现代地球物理技术，正式宣布 2005 珠峰高程测量获得的新数据为：珠穆朗玛峰峰顶岩石面海拔高程 8844.43 米。参数：珠穆朗玛峰峰顶岩石面高程测量精度 ±0.21 米；峰顶冰雪深度 3.50 米。原 1975 年公布的珠峰高程数据停止使用。这项结果获得联合国教科文组织和世界各国的承认。这是对珠峰进行的首次岩面海拔高度测量，比 1975 年测量的高度 8848.13 米矮了 3.7 米。

珠穆朗玛峰高程测量纪念碑

2020 年 4 月 30 日，中国启动第三次珠峰高程测量。这一年，是人类首次从北坡登上珠峰的 60 周年，也是中国首次精确测定并公布珠峰高程 45 周年。2020 年 5 月 27 日上午 11 时整，2020 珠峰高程测量登山队成功登顶世界第一高峰——珠穆朗玛峰。他们在峰顶竖立觇标，安装 GNSS 天线，开展各项峰顶测量工作。2020 年 12 月 8 日，中国国家主席习近平同尼泊尔总统班达里互致信函，共同宣布珠穆朗玛峰最新高程——8848.86 米。

测量珠峰高程，是一个非常复杂的过程。首要问题是确定珠峰海拔高程起算点。我国是以青岛验潮站的黄海海水面为海拔零起始点（水准原点），因为测绘人员已取得西藏拉孜县相对青岛水准原点的精确高程，测量队只需要从拉孜起测，前半程仍采用传统而精确的水准测量法，每隔几十米竖立一个标杆，通过水准仪测出高差，一站一站地将高差累加起来就可得出准确数字。

当精确高程传递至珠峰脚下的 6 个峰顶交会测量点时，通过在峰顶竖立的测量觇标，运用"勾股定理"的基本原理，推算出峰顶相对于这几个点的高程差。最后，通过进行重力、大气等多方面的改正计算，确定珠峰高程。GPS 测量，则是将 GPS 测量设备带至峰顶直接获取数据，然后通过一系列的复杂计算取得珠峰精确高程。

有趣的是，我国珠峰综合科考队曾在珠峰地区采集到了拉伸变形的岩石样品，经过分析测算发现，在 1300 万年以前，珠穆朗玛峰的高度可能比 8848 米要高出很多。

科考队员发现珠峰在岩石结构上可分三层：珠峰层、黄带层和北坳层。从发现看，北坳层曾经发生过巨大的岩石变形和地质变化。"根据我们的观测和计算，珠峰北坳层岩石的拉伸率为 150% 左右，发生拉伸变形的年代大约在 1300 万年前。"地质学家丁林说：一个边长为 1 米的正方形，如果长度拉伸为 1.5 米，就意味着高度的边会减少为原来的 0.67。如果按照这个规律计算，珠峰北坳层所在 8000 米的高度，那时应该是 11 900 米，再加上大约 700～800 米变化不大的珠峰层和黄带层，珠峰的高度在 1300 万年前应该超过 12 000 米。

在珠峰地区海拔 4700 米左右的地方有岩石变形的典型地带。裸露的山体中有许多大大小小的"S"状岩层，这些岩层原本是连续平整均匀的，由于拉伸和挤压作用变成了这个模样。大约从 6500 万年前开始，由于印度板块开始向亚洲板块挤压，喜马拉雅山开始隆起，青藏高原开始形成。到了 1300 万年前左右，高度到达顶峰的珠峰由于自身重量太大等多种原因，开始发生断裂，在地壳运动之后逐渐平衡，最终形成现在这个高度。

喜马拉雅山脉，藏语意为"雪的故乡"，是中国与印度、尼泊尔、不丹、巴基斯坦等国的天然国界，主峰是世界最高峰珠穆朗玛峰（又名圣母峰），是藏语"第三女神"的意思。珠穆朗玛，另有"大地之母"的说法。

《珠穆朗玛》缘起于1995年7月。为纪念援藏书记孔繁森逝世一周年，北京电视台筹备的一台名为《不朽的丰碑》的歌舞晚会上，当时担任节目台本撰稿人的李幼容在写了一首讴歌孔繁森具体事迹的朗诵诗《心中的珠穆朗玛》之后，突然想为晚会写一首歌，以此来纪念孔繁森这位无私奉献的新时代楷模。如果说晚会是一个契机，那么人民公仆孔繁森就是他灵感的火花，为心中壮丽的雄峰找到了一个英雄的灵魂。李幼容说道："我一想到孔繁森的灵魂就像是这么一座伟岸的山，所以我在歌词中写到'你用爱的阳光抚育格桑花，……你用阵阵清风温暖大地妈妈。'"李幼容把孔繁森对藏族人民的热爱和人民利益高于一切的感情融入到了珠穆朗玛崇高和圣洁的形象中，即使歌中没有一字提到孔繁森，却能引发人们丰富的联想，产生情感的共鸣，因为《珠穆朗玛》写的是英雄的灵魂，歌颂的是中华民族的英雄。

孔繁森 1944 年出生于聊城五里墩村。他 18 岁参军，1966 年加入中国共产党。1969 年复员后，他先当工人，后被提拔为国家干部。1979 年，国家要从内地抽调一批干部到西藏工作，时任聊城地委宣传部副部长的孔繁森主动报名。

他曾两次进藏工作，跑遍了各个乡村牧区，与藏族群众结下了深厚的友谊。为发展少数民族的教育事业，他跑遍了全市 8 个县区所有的公办学校和一半以上的村办小学；为了结束群众易患大骨节病的历史，他几次爬到海拔近 5000 米的山顶水源处采集水样，帮助群众解决饮水问题；他每次下乡时都特地带一个医疗箱，买上数百元的常用药，工作之余就给农牧民群众发药，直到小药箱空了为止。在羊日岗乡的地震废墟上，他还领养了 3 名藏族孤儿。

第二次调藏工作结束后，组织任命孔繁森为阿里地委书记。这是一个地处西藏西北部、平均海拔 4500 米、被称为"世界屋脊的屋脊"的艰苦地区，而且常年气温在零摄氏度以下。他在不到两年的时间里，几乎跑遍了全地区 100 余个乡，行程达 8 万多千米，茫茫雪域高原到处都留下了他深深的足迹。

1994 年 11 月 29 日，孔繁森带队赶赴新疆塔城考察边贸工作。完成任务返回阿里途中，不幸发生车祸，以身殉职，时年 50 岁。人们在料理孔繁森的后事时，看到两件遗物：8 元 6 角钱，以及他去世前写的关于发展阿里经济的 12 条建议。这就是孔繁森留下的遗产，体现出一名共产党员的高尚情怀。

西藏是拨动他生命的琴弦，他把青春和热情甚至生命都献给了西藏这片广袤的土地，献给了党的事业，献给了藏区人民。他以自己的生命，在西藏铸起了一座无私奉献的丰碑！"冰山愈冷情愈热，耿耿忠心照雪山。"（孔繁森）在党的召唤面前，在人民需要的时候，一代又一代像孔繁森一样的援藏工作者挺身而出，从一个征途走向另一个征途，从一个胜利走向另一个胜利，梦想因初心而坚守，青春为人民而歌唱。

党史人物　一腔热血洒高原

孔繁森（1944—1994）

山东聊城孔繁森同志纪念馆广场上，有一条名为"生命标尺"的铜板路，铜板路尽头是一座红色雕塑，名为"人字丰碑"，寓意为"红色丰碑、大写的人"。

1979年，国家要从内地抽调一批干部到西藏工作，时任聊城地委宣传部副部长的孔繁森主动报名，请人写了"是七尺男儿生能舍己，作千秋鬼雄死不还乡"的条幅。刚到西藏，他又写下"青山处处埋忠骨，一腔热血洒高原"，以此铭志。

一副挽联道出了藏族群众对他的怀念：一尘不染，两袖清风，视名利安危淡似狮泉河水；两离桑梓，独恋雪域，置民族团结重如冈底斯山。

人物名片

孔繁森，男，汉族，中共党员，山东聊城人，孔子第74代孙。1995年，孔繁森被追授"模范共产党员""优秀领导干部"称号。2009年当选"100位新中国成立以来感动中国人物"。荣获"改革先锋""最美奋斗者""全国民族团结进步模范"等称号。

钟扬（1964—2017）　科学人物　牺牲在雪域高原的援藏科学家

人物名片

钟扬，男，湖南邵阳人，中国共产党党员，1964年5月出生于湖北黄冈。2017年9月25日，钟扬在去内蒙古城川民族干部学院为民族地区干部讲课的出差途中遭遇车祸，不幸逝世，年仅53岁。生前是复旦大学党委委员、研究生院院长、生命科学学院教授、博士生导师，中央组织部第六、七、八批援藏干部，国家杰出青年科学基金获得者，长期从事植物学、生物信息学研究和教学工作，取得一系列重要研究成果。他曾多年踏上地球"第三极"，培养了一大批藏族科研人才。

"超越海拔六千米，抵达植物生长的最高极限，跋涉十六年，把论文写满高原。倒下的时候双肩包里藏着你的初心、誓言和未了的心愿。你热爱的藏波罗花（藏角蒿），不屑于雕梁画栋，只绽放在高山砾石之间。""感动中国"评委会曾这样评价他，他就是"一人援藏、一家援藏"的援藏干部钟扬。

钟扬曾言："不是杰出者才做梦，而是善梦者才杰出……一个基因拯救一个国家，一粒种子造福万千苍生。"

总结强信念
ZONGJIE QIANGXINNIAN

  画意诗情带笑意，只为等待你。雪域为你铺道，寒风为你送行，向着初心前行，追随精神世界。

  我们的中国梦，启程于美好憧憬，沉淀在人民心中。从过去到现在，从西部建设到勇攀高峰，我们不忘初心，牢记奋斗使命，让梦和初心从脚下出发。歌声和汗水一路挥洒，追梦人砥砺前行，奋力书写青春，让希望之花开满雪域。

扫码观看 扫码收听

《我和你》
为梦想，千里行，相会在北京

作者：蒋柏羿

　　北京，是中华人民共和国的首都，也是中国的政治、文化中心。北京，不仅是一座有着 3000 余年建城史和 850 余年建都史的古都，还是一座现代化国际大都市。2008 年的北京奥运会举世瞩目，鸟巢、水立方等一批奥运标志性建筑一度让世人叹为观止，尽显大国威仪。2022 年北京冬奥会举办，全世界再一次将视线聚焦北京。下面，就让我们一起聆听这首《我和你》，一同走进"双奥之城"北京，感受这座城市的文化底蕴和中国人民的热情胸怀吧。

我和你　　　　　来吧

心连心　　　　　朋友

共住地球村　　　伸出你的手

为梦想　　　　　我和你

千里行　　　　　心连心

相会在北京　　　永远一家人

　　《我和你》这首歌由常石磊、马文和陈其钢作词，陈其钢作曲，刘欢和莎拉·布莱曼深情演唱。这首歌以中国人民的视角，用舒缓而温暖的曲调表达了北京奥运会到来时人们喜悦的心情和对来自世界各地客人的欢迎之意。这首歌与过去中国大型赛会活动主题歌不同，清新悦耳，旋律动听，而且朗朗上口，作为2008年北京奥运会的主题歌，是大众耳熟能详的流行歌曲。2008年北京奥运会是我国举办的第一届奥运会，也是中华民族的百年梦想、千年盛事。

　　奥林匹克运动会发源于两千多年前的古希腊，因举办地在奥林匹亚而得名。奥林匹克运动会是以体育运动和四年一度的奥林匹克庆典为主要活动内容，促进人的生理、心理和社会道德全面发展，加强各国人民之间的相互了解，在全世界普及奥林匹克主义，维护世界和平的国际社会运动。

举办奥运会，对中国人民来说，是一场无与伦比的盛事。和世界人民相约北京，这是国人多少年来的渴望和期盼，我们用不懈的追求赢得了举办权，又以超强的实力成功举办了一届精彩绝伦的奥运会。国际奥委会前主席萨马兰奇曾说："我的评价是北京奥运会是所有奥运会中最好的一届奥运会。在未来应该是很少有人可以做到这种程度。这不光是我个人的看法，同时是绝大部分媒体和国际奥委会的官员们的看法。"在 2008 年北京奥运会上，共诞生了 43 项新世界纪录及 132 项新奥运纪录，共有 87 个国家和地区在赛事中取得奖牌，中国代表团首次位列夏季奥运会金牌榜第一名。

北京，一座承载了无数中国人梦想与希望的城市。然而在八十多年前，这里战火纷飞，硝烟弥漫，这座城见证了许多流离失所与生死离别。历经枪林弹雨、风雨沧桑后，在中国共产党的领导下，这座城市焕发出新的生机，经过一代代努力，终于建设成为科技与文化并行发展的国际大都市。一幢幢现代高楼耸立而起，与古老的历史建筑相互呼应，一条条高速铁路四通八达，以北京为中心辐射到全国各地……现在中国人民可以骄傲地向世界发出邀请，相会在北京。

　　"为梦想，千里行，相会在北京"，作为泱泱大国之都，北京的美，除了她的大气、庄严、雍容华贵，还充满了活力与现代气息——下面就让我们走进这座充满魅力的城市，感受她的美吧！

1.国家体育场

　　国家体育场，又被人们称为"鸟巢"，位于北京奥林匹克公园中心区南部，为2008年北京奥运会的主体育场，占地20.4公顷，建筑面积25.8万平方米，可容纳观众9.1万人。这里举行了2008年夏季、2022年冬季两届奥运会开闭幕式、残奥会开闭幕式、田径比赛及足球比赛决赛。在2008年奥运会后，鸟巢成为北京市民参与体育活动及享受体育娱乐的大型专业场所，是地标性的体育建筑和奥运遗产。14年后，奥运重归，2022年2月4日冬奥会开幕式在北京举行，奥运圣火再次在鸟巢点燃。

　　设计者们对这座体育场没有做任何多余的处理，把钢架结构暴露在外，因而自然形成了建筑外观。其形态如同孕育生命的"巢"和摇篮，寄托着人类对未来的希望，因此被称为"鸟巢"。

2014 年 4 月，中国当代十大建筑评审委员会综合年代、规模、艺术性和影响力四项指标，从中国 1000 多座地标建筑中初评出 20 座建筑，最终由此产生十大当代建筑。鸟巢为初评入围建筑之一。

鸟巢

2. 国家游泳中心

国家游泳中心又名"水立方""冰立方"，位于北京市朝阳区北京奥林匹克公园内，是 2008 年北京奥运会的精品场馆和 2022 年北京冬奥会的经典改造场馆，也是唯一一座由港澳台同胞、海外华侨华人捐资建设的奥运场馆。

国家游泳中心总建筑面积为 65 000～80 000 平方米，其中地下部分的建筑面积不少于 15 000 平方米，长 177 米，宽 177 米，高 30 米。场馆外观如同一个冰晶状的立方体，造型简洁，充满现代感。场馆内部是一座 6 层楼建筑，平面呈正方形。馆内设施主要包括比赛大厅、热身池、多功能大厅以及大型嬉水乐园。冰上运动中心位于国家游泳中心南广场地下空间，由一块 1830 平方米的标准冰场和一块由 4 条 45 米 ×5 米的标准冰壶场地及配套服务设施组成。

作为"双奥"场馆，它在水与冰之间自由转换，在原先的泳池上建设了可移动、可拆卸的冰场，是世界上唯一在泳池上架设冰壶赛道的场馆，成就了冬奥会历史上体量最大的冰壶场馆。"在'水立方'里开展冰壶运动，体现了建筑与技术的高质量发展，也充分彰显了北京冬奥会可持续发展的理念，是绿色奥运和科技奥运结合的典范。"

国家游泳中心

3. 国家速滑馆

国家速滑馆又称为"冰丝带"，位于北京市朝阳区近奥林匹克公园林萃路 2 号，是 2022 年北京冬奥会北京主赛区标志性场馆、唯一新建的冰上竞赛场馆。

"冰丝带"的设计理念来自一个冰和速度结合的创意。国家速滑馆外形上由 22 条晶莹美丽的"丝带"状曲面玻璃幕墙环绕，就像运动员滑过的痕迹，象征速度和激情。它与雄浑的钢结构鸟巢"珠联璧合"，共同组成北京这座世界首个"双奥之城"的标志性建筑群。

国家速滑馆作为北京冬奥会速度滑冰比赛场地，采用了全冰面设计，是全球首个采用二氧化碳跨临界直冷制冰的冬奥速度滑冰场馆，也是目前中国最大的二氧化碳跨临界直冷制冰系统。其拥有亚洲最大的全冰面设计，冰面面积达 1.2 万平方米。平时可接待超过 2000 人同时开展冰球、速度滑冰、花样滑冰、冰壶等所有冰上运动。

国家速滑馆

4. 国家大剧院

国家大剧院位于北京市中心天安门广场西侧，是亚洲最大的剧院综合体。它是中国国家表演艺术的最高殿堂，中外文化交流的最大平台，中国文化创意产业的重要基地。国家大剧院总建筑面积约 16.5 万平方米，由歌剧院、音乐厅、戏剧场、小剧场及相应的配套设施组成。

国家大剧院造型新颖、前卫，是传统与现代、浪漫与现实的结合。那庞大的椭圆外形令其如同长安街上的"天外来客"，显得十分抢眼。"城市中的剧院、剧院中的城市"，以一颗献给新世纪的超越想象的"湖中明珠"的奇异姿态出现在公众眼前。这座建筑要表达的是内在的活力，是在外部宁静笼罩下的内部生机——一个简单的"蛋壳"，里面孕育着生命，代表了一个时代的结束与另一个新的时代的开始。

国家大剧院

作为"新北京十六景"之一的地标性建筑，国家大剧院以造型独特的主体建筑，一汪清澈见底的湖水，以及外围大面积的绿地、树木和花卉，这些不仅极大改善了周围地区的生态环境，更体现了人与人、人与艺术、人与自然和谐共融、相得益彰的理念。

5. 北京奥林匹克公园

奥林匹克公园位于北京市朝阳区，地处北京城中轴线北端，北至清河南岸，南至北土城路，东至安立路和北辰东路，西至林萃路和北辰西路，总占地面积 11.59 平方千米，集中体现了"科技、绿色、人文"三大理念，是融合了办公、商业、酒店、文化、体育、会议、居住多种功能的新型城市区域。2008 年奥运会比赛期间，有"鸟巢"、"水立方"、国家体育馆、国家会议中心击剑馆、国家奥林匹克体育中

北京奥林匹克公园

心体育场、北京国家奥林匹克中心体育馆、英东游泳馆、奥林匹克公园射箭场、奥林匹克公园网球场、奥林匹克公园曲棍球场等 10 个奥运会竞赛场馆，此外还包括奥运主新闻中心（MPC）、国际广播中心（IBC）、奥林匹克接待中心、奥运村（残奥村）等在内的 7 个非竞赛场馆。它们是包含体育赛事、会展中心、科教文化、休闲购物等多种功能在内的综合性市民公共活动中心。

6. 中央电视台总部大楼

中央电视台总部大楼，位于北京商务中心区，内含央视总部大楼、电视文化中心、服务楼、庆典广场。中央电视台总部大楼建筑外形前卫，被美国《时代》杂志评选为 2007 年世界十大建筑奇迹，同时登榜的还有北京鸟巢和当代万国城。

中央电视台总部大楼主楼的两座塔楼双向内倾斜 6 度，在 163 米以上由 "L" 形悬臂结构连为一体，建筑表面由强烈的不规则几何图案的玻璃幕墙组成，造型独特、结构新颖、高新技术含量高，在国内外均属 "高、难、精、尖" 的特大型项目。这座 "好看难建" 的央视新大楼在 2004 年 10 月 21 日动工。除了 "侧面呈 S 形、正面呈 O 形" 的奇特造型外，其建筑安全问题也一直备受关注。国内许多专家认为大楼设计过于复杂，全楼先天性倾覆力巨大，抗冲击和抗破坏力差。据设计师介绍，这座大楼的结构是由许多个不规则的菱形渔网状金属脚手架构成的。这些脚手架构成的菱形结构看似大小不一，没有规律，但实际上却经过精密计算。作为大楼主体架构，这些钢质网格暴露在建筑最外层，而不是像大多数建筑那样深藏其中，这样压力基本都能沿着结构系统传递下去，并找到导入地面的最佳路径。从外观上看，大楼有一部分钢网结构（包括拐角等压力较大部位）比较密集，它们也是整体设计思想的一部分。

中国电视台总部大楼

四方学党史
SIFANG XUEDANGSHI

2008 年 8 月 8 日，北京奥运会盛大开幕，吸引了来自全世界的目光。北京奥运会以"同一个世界，同一个梦想"（One world，One dream）为主题，真切地体现了奥林匹克精神的实质和普遍的价值观——团结、友谊、进步、和谐、参与和梦想，表达了全世界在奥林匹克精神的感召下，追求人类美好未来的共同愿望。而中国的奥运健儿们在这个赛场上的卓越表现及其所取得的优异成绩，更是彰显了中国人的实力和精神风貌，具有划时代的里程碑意义。

2008 年北京奥运会从开幕到闭幕的整个过程堪称完美。它为全世界人民提供了一个实现梦想、超越梦想的舞台。另外，北京奥运会的成功举办也向全世界展示了中国改革开放 30 年以来在经济建设和社会发展领域所取得的伟大成就，充分彰显了中国的实力。

虽然北京奥运会已圆满落下了帷幕，但是它对中国的政治、经济、文化以及人民的生产生活所造成的巨大影响仍在继续。随着社会发展面貌的曝光、城市知名度的提高，更多的国外旅游者被吸引前来观光旅游，这促进了中外文化交流，宣传了中国友好开放形象，由此得来的收益对中国经济的发展是不容忽略的。

改革开放以来，中国经历了重大的经济结构战略调整。而奥运经济活动大致分为三部分：直接为举办奥运会而产生的经济活动；围绕奥运会资源进行的经济活动；主办城市借奥运会契机，发展区域经济，加快城市建设的各种经济活动。在 2008 年北京奥运会结束后的两年里，它对中国经济的影响却没有结束。在产业结构调整方面，"绿色奥运"为推动全社会的节能减排做出了重要贡献，尤其是对北京市单位 GDP 能耗、水耗的下降和温室气体减排发挥了重要作用。奥运会结束后，中国并没有出现"奥运后的滑坡"，而是亮出了新的投资热点。后奥运时代，北京依然具有大量的投资需求和投资机会，旅游业、休闲业、金融业都保持着高速增长。而另外一些行业如建筑业、房地产业，经过一段时间的调整，也取得了持续的增长。

2008 年北京奥运会的成功举办，中国的国际地位得到了进一步的提升，向全世界展示了一个文明、开放、团结的中国，也显示了中国政府的强大组织能力。这次奥运会的成功举办，无疑增强了每一个中国人的民族自豪感和自信心，社会凝聚力得到了空前的提高，社会风气也得到了很大的改善，这些都与政府的行政能力和积极引导密不可分。

北京正以大跨步的姿势往前迈进，北京是古老的，但同时又是一座焕发美丽青春的新城。特别是 2022 年成功举办冬季奥运会之后，北京正以一个雄伟、奇丽、新鲜、现代化的姿态呈现于世界。

党史人物 北京夏季奥运会申奥人 何振梁 (1929—2015)

说起夏季奥运会上令人记忆深刻的历史时刻，肯定少不了北京申奥成功，那是2001年7月13日从远方的莫斯科传来的喜讯。这并不是中国第一次"申奥"，还有一次是在1993年，以两票之差惜败给悉尼。何振梁两次都是"申奥"的陈述人之一，也是北京夏季奥运会申办从失败到成功的标志性人物。

人物名片

何振梁，男，出生于江苏无锡，祖籍浙江上虞。1954年加入中国共产党，1955年起从事体育工作。曾任原中国奥委会名誉主席，国际奥委会委员，国际奥委会文化委员会和奥林匹克教育委员会主席，第29届奥林匹克运动会组织委员会顾问、执行委员。他在国际奥委会的地位、威望和影响，他的经验和语言能力，为北京申办2008年夏季奥运会成功发挥了极其重要的作用，是新中国体育走向世界的见证人。

梁思成 (1901—1972)

人物名片

梁思成，籍贯广东新会，生于日本东京，建筑历史学家、建筑教育家，被誉为中国近代建筑之父。毕生致力于中国古代建筑的研究和保护。

科学人物 古建筑保护大师

北京是中国的首都，梁思成对其充满了热爱，他曾立志把北京建造成为一个世界性的文化博物馆，因为这里的古代建筑实在是太多了。梁思成一生，除了在建筑教育、城市规划等方面做出的开拓性贡献之外，最为突出的是对古建筑文物的保护与调查研究工作。他一直竭尽全力，多方设法保护古建筑，立下了不朽的功绩。

总结强信念
ZONGJIE QIANGXINNIAN

　　"为梦想，千里行，相会在北京"，这是全体中国人给远道而来的朋友献上的欢迎词。北京的热情，并不是在运动健儿拼搏时对外的伪装，而是发自内心的呼吁，中国以开放的胸怀容纳了天地，容纳了来自五湖四海的朋友。2008年的中国大地，到处都飘扬着这首歌，它代表着中国人民的热情。到2023年为止，北京是全球唯一一个既举办过夏季奥运会又举办过冬季奥运会的城市。经过这两场奥运盛典，世界真正认识到北京不仅是一座东方古老之都，更是一座魅力四射的现代国际化大都市。她是中国与世界对话的焦点，她向着世界呼喊："相会在北京！"

扫码观看　　扫码收听

03行业篇

我要把美好的青春献给你

  "社会主义是干出来的，新时代是奋斗出来的。"本章通过描写一些重要行业在新中国成立前后翻天覆地的变化，展现了我国各行各业的改革主旋律。本章节选取了《咱们工人有力量》等五首与不同职业相关的红色歌曲，体现了在中国共产党的领导下，以时传祥、王进喜、袁隆平、孙永福和罗瑞卿等为代表的各岗位的人民艰苦奋斗、自强不息的精神。他们把美好的青春奉献给伟大的祖国，谱写着动人的旋律。

《咱们工人有力量》

咱们工人有力量

作者：王梓璇

工人阶级是中国革命和建设的主力军。伟大领袖毛主席在建党之初深入安源开展工人运动，在夜校上课时，就曾经说过："'工'字上边一横代表天，下边一横代表地，中间一竖代表我们工人，我们工人可以顶天立地！"煤矿工人立即掌声四起。后来，他又在去长沙给人力车夫讲课时说："工人就是做工的人，咱们把'工'字放在'人'字上面，大家看看是个什么字？"车夫们异口同声地说："天！"毛泽东深情地说："我们工人就是'天'！我们工人联合起来就可以顶天立地！"由此可以看出，毛泽东非常看重中国工人阶级的力量，尊重人民的主体地位。让我们聆听这首《咱们工人有力量》，一起来感受中国工人阶级改天换地的英雄气概！

咱们工人有力量

嘿　咱们工人有力量

每天每日工作忙

嘿　每天每日工作忙

盖成了高楼大厦

修起了铁路煤矿

改造得世界变呀么变了样　哎嘿

发动了机器　轰隆隆地响

举起了铁锤　响叮当

造成了犁锄　好生产

造成了枪炮　送前方

哎嘿哎嘿　嘿呀

咱们的脸上发红光　咱们的汗水往下淌

为什么　为了求解放

为什么　为了求解放

哎　嘿　哎　嘿

为了全中国彻底解放　嘿

这首歌是马可在 1947 年作词、作曲，由佳木斯发电厂工人演唱。2009 年 5 月，入选"中国共产党中央委员会宣传部推荐的 100 首爱国歌曲"。

1947 年，马可在东北解放区的一个文工团里工作。一天，马可同几位文工团员一起来到佳木斯发电厂参加义务劳动。休息的时候，一位老工人询问他有没有关于"工人翻身"的歌曲，回到住所，马可用二胡拉起了《工人四季歌》的曲调，他决定重新创作一首歌颂工人的歌曲。不久后，他便在《工人四季歌》的基础上创作出了歌曲《咱们工人有力量》。

这首歌是中国工人阶级的精神写照。简洁的填词、激扬的曲调无不浸润着浓厚的黑土文化，用东北地区民间秧歌调与号子的节奏作为艺术表现形式，以坚实有力、豪迈热烈的旋律，表现工人们为支援全中国解放而紧张劳动的战斗生活，塑造了获得解放的中国工人阶级顶天立地的英雄形象。全曲的最后一个乐句"咱们的脸上发红光，咱们的汗水往下淌，为什么，为了求解放"，把后段的劳动呼号和前段豪迈的曲调综合在一起，具有很强的张力，让人斗志昂扬、信心倍增。

科普传智慧
KEPU CHUANZHIHUI

1. 肌肉是怎样形成的?

"咱们工人有力量",要有力量达到这样的效果,首先必须拥有强健的体魄。而强健的肌肉,一直以来是力量、雄壮的象征,但你知道肌肉是如何形成的吗?

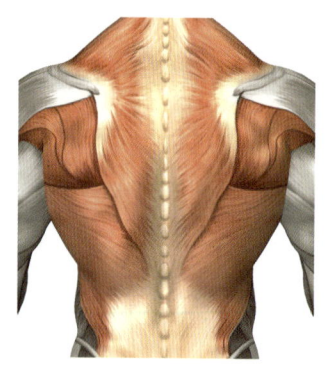

背部肌肉结构图

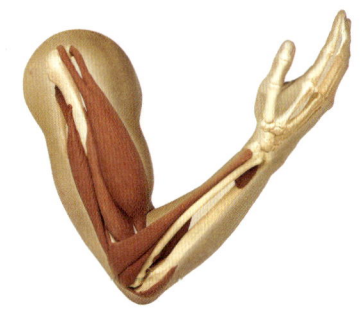

手臂肌肉结构图

首先,我们要了解一下肌肉形成的原理。每块肌肉都由许多肌纤维组成,每束肌纤维都是一个多核细胞。我们在进行运动完毕以后就会出现肌肉的疼痛,这个时候可能全身都会有酸痛乏力的感觉,这是由于体内乳酸聚集所产生的正常症状，一般过一段时间就不会出现这种情况了。运动量比较小的运动，没有超出身体负荷，那么这种强度的运动就不能够锻炼肌肉。而通过超出身体负荷的肌肉收缩锻炼就可以使肌肉纤维变粗增大。现代力量训练的实践早已证明，要想力量迅猛增长，肌肉快速发达，必须采用较高的训练频率。间歇时间太长，训练效果就会消退。具体地说，肌肉在受到最后一次压力 72 小时之后便开始萎缩。举重运动员都知道，3 天以上不训练力量就会明显下降。人体肌肉的增长过程就是一个适应、克服、再适应的过程，通过一定强度的健身运动打破现有的肌肉适应，身体便会通过增大肌肉体积、改善神经系统来努力去适应这种压力，这种超量训练的积累过程，就像是"聚沙成塔"一样，使身体达到一种新的平衡。所以锻炼肌肉需要毅力和耐心，而在运动的过程中一定要多补充蛋白质含量高的食物，比如牛肉、鸡胸肉，也可以使用蛋白粉或者牛奶以及乳制品，这些营养物质能够帮助促进肌肉形成。并且，运动后我们一定要保证良好的休息。

那工人大哥们充满爆发力的肌肉又是怎么形成的呢？是因为无论春夏秋冬，工人们都奋斗在建设祖国的第一线，无论是刮风下雨滴水成冰，还是烈日当头酷暑难耐，他们都兢兢业业地铆定在自己的岗位上，年复一年日复一日挥洒青春与汗水，努力拼搏与奋斗，才造就这如同石琢刀刻一般的肌肉，才能"改造得世界变呀么变了样"。

2. 肌肉群的力量

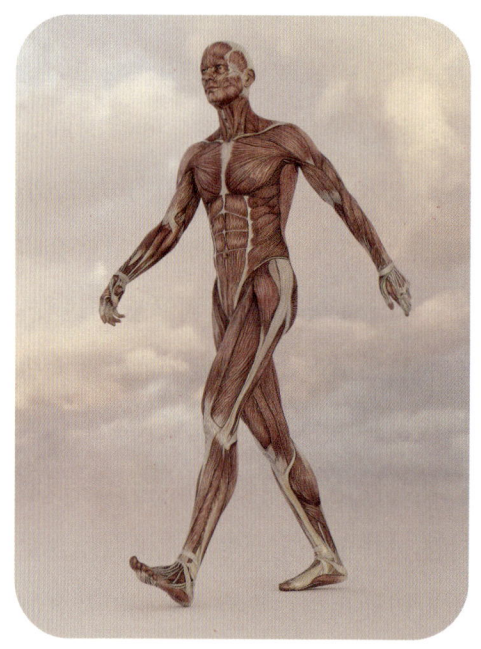

肌肉模型

你知道吗，我们人类每走一步，全身有 200 多块肌肉共同完成抬脚、前进和落步等一系列过程。这只是肌肉系统帮助我们在日常生活中完成的成千上万项运动任务之一。肌肉系统由 650 多块肌肉组成，分为三大类，即骨骼肌——通过肌腱连接骨骼，使身体完成某些运动；心肌——只存在于心脏中，负责心脏的正常收缩和舒张；平滑肌——沿血管和器官（如消化道和子宫）分布，使其定期完成某些运动。

所有这些类型的肌肉都是由肌纤维组成的，这些纤维被神经系统的信号刺激收缩或放松，从而产生力量和运动。肌肉不仅具有收缩和伸展的功能，还能保持恒定的张力状态，即肌肉的等长收缩。这使你能够靠在墙上端着咖啡，站岗的士兵也依赖这一功能。

骨骼肌只是肌肉系统的一部分，但它占身体重量的 30%—40%，身体的主要运动功能依赖于它。身体中最小的骨骼肌——镫骨肌，它只有 1 毫米，位于耳朵深处。身体的骨骼肌系统由身体的神经系统支配，这使我们能够根据自己的目标控制它们的收缩或放松。健身实际上是大脑不断传递信息进行重复动作的过程。值得注意的是，心肌、平滑肌与骨骼肌不同。它们受自主神经系统的控制，不受我们的意志支配。

个人的一举一动都需要肌肉群的协作，对于一个国家的发展壮大来说更是如此。如果凭一个人的力量去抵御敌人，力量终究是有限的。双拳难敌四手，恶虎还怕群狼。一根筷子轻轻就被折断，十双筷子牢牢抱成团。列宁说过："只要千百万劳动者团结得像一个人一样，跟随本阶级的优秀人物前进，胜利也就有了保证。"

3. 中华人民共和国的"肌肉群"

中华人民共和国成立初期，我国社会的总工业水平尚低，工业基础较为薄弱且产业门类不全，许多重要工业产品的人均拥有量远远低于发达国家。"我们可以造纸，但我们无法独立造出一辆汽车。"如今，物换星移，时代变化，在几代工人的努力下，中国的工业发展处于世界领先水平，创造出了让世界刮目相看的新奇迹！中国建设得越来越好，一座座高楼拔地而起，老百姓安居乐业，大部分的家庭都有了私家车，这在以前是想都不敢想的事情。

改革开放四十多年来，我国一度被誉为"世界工厂"，但随着时代发展和技术更替，仅靠低技术含量和劳动密集型产业链的"中国制造"已远远不能满足经济发展的需要。如今在工业转型升级、跨越发展的大时代，工人也与时俱进，在变革的大潮之中呈现别样动人的精神风貌。

就拿中国高铁工人来说，我国高速铁路之所以能够用短短的时间走完了 40 年世界高速铁路发展之路，走在了世界的前列，这傲人成绩的背后，有一个庞大的默默奉献、不断创新的群体。2015 年 11 月 25 日，时任国务院总理李克强邀请来华出席第四次中国 - 中东欧国家领导人会晤的国家领导人共同乘坐从苏州北站到上海虹桥站的高铁。为了让外国政要切身体验中国高铁的细节，他们坐的是普通高铁商务座。在车上，16 国领导人认真听取中国高铁建设发展以及相关装备设计和性能等情况的报告。从苏州到上海，约 100 千米的距离，高铁最高时速达到 307 千米，22 分钟安全抵达。众多政要一路不停感叹："既舒适又安全。"不少外国政要到访中国时，乘坐中国高铁、感受中国速度，已经成为"必备"项目。

中国的工业发展离不开工人们的力量。在这个艰苦的过程中，涌现了一批批用青春和汗水奋斗的工人代表。清洁工人时传祥为了城市的美好面貌，以"搞好环境卫生，美化人民首都"为己任，肩背粪桶，走家串户，利用公休日为居民、机关和学校义务清理粪便，整修厕所。"铁人"王进喜带领工友以"宁可少活 20 年，拼命也要拿下大油田"的顽强意志和冲天干劲，苦干 5 天 5 夜，打出了大庆第一口喷油井。在极端困苦的情况下，克服重重困难，达到了年进尺 10 万米的奇迹。

投身于中国建设的工人阶级，如同一颗颗萌芽的种子，在时代的土壤里，孕育着对精益求精的追求，身体力行向我们阐述了何为新时代"工人精神"。

世界悬索桥中跨度第一的矮寨大桥

四方学党史

SIFANG XUEDANGSHI

1959年10月26日，在全国"群英会"上，国家主席刘少奇走到时传祥跟前，握住了那双长满老茧的大手，说："我们都要好好地为人民服务。你淘大粪是人民的勤务员，我当主席也是人民的勤务员。这只是革命的分工不同，都是革命事业中不可缺少的一部分。"

第二天，这张经典的握手照片刊登在各大报纸上。"宁愿一人脏，换来万家净"的时传祥精神，一时间家喻户晓。在那个年代，劳模们与祖国同成长，只问耕耘、不计得失，在工作中努力拼搏、矢志不渝，胸怀祖国、不求索取，成为几代人的人生路标。

然而，在中华人民共和国成立前，城里人的生活虽然离不开淘粪工，他们却又非常瞧不起这一职业。淘粪工不仅受到社会的白眼，还要受行业内部一些恶势力的压榨和盘剥。时传祥在这些"粪霸"手下一干就是20年，受尽了压迫与欺凌。

有一次，他给京城的一个大律师家淘粪，干完之后想讨口水喝，谁知那家的阔太太竟然藏起了水瓢，盖严了水缸，让女佣人拿喂猫的盆子给他盛了一点水。日伪统治时期，"粪霸"逼他去日本兵营淘粪。进门的时候，他因为双手推着轱辘车，无法给站岗的日本兵摘帽敬礼，被日本兵用枪托和皮靴打得遍体鳞伤。日本投降之后，城里又住了美国兵，他们开着吉普车在街道上横冲直撞，有一次竟故意撞翻了时传祥的粪车，撞伤了他的腿。

中华人民共和国成立之后，共产党和人民政府清除了"粪霸"等恶势力，时传祥真正感到翻身得了解放。1952 年，他加入了北京市崇文区（今东城区）清洁队，继续从事城市清洁工作。此时，北京市人民政府为了体现对清洁工人劳动的尊重，不仅将他们的工资提升到高于别的行业的水平，而且想办法减轻他们的劳动强度，把过去送粪的轱辘车全部换成汽车。

运输工具改善之后，时传祥合理计算工时，挖掘潜力，把过去 7 个人一班的大班，改为 5 个人一班的小班。他带领全班由过去每人每班背 50 桶增加到 80 桶，他自己则每班背 90 桶，最多每班淘粪背粪达 5 吨。管区内居民享受到了清洁优美的环境，而他背粪的右肩却被磨出了一层厚厚的老茧。他赢得了人们的普遍尊敬，也赢得了很多荣誉。

1959 年 10 月 26 日，全国"群英会"在北京人民大会堂举行。会议开幕第一天，刘少奇主席等党和国家领导人亲切接见参加大会的部分代表。他径直走到一位身穿劳动服的工人面前，一把握住对方结满厚茧的手，脱口而出："你是老时吧！"

此时，时传祥万万没想到，国家主席竟能一眼认出他来。面对刘少奇有关生活得怎么样、工作累不累等关切的询问，他激动地说道："我们现在的生活过得挺好，大家的干劲可足啦。过去用轱辘粪车一车车推，平均每人一天背 8 桶粪。现在改用汽车运，工作效率提高了，平均每人一天背 93 桶半。大家并不满足，还要为社会主义多出几把力呢。"刘少奇听后笑容满面地说："大家的干劲儿真够足啦！可是还得加把劲儿，把全市的清洁工人也都带动起来。"

随后，刘少奇又询问起淘粪工人的学习情况。时传祥回答说："过去淘粪工人很少有识字的，新中国成立后由于领导的关怀和帮助，成立了业余学校，现在大家一般都达到了高小程度，能看报写信了，就是我差点儿，才认识一两百个字，连自己的名字也写不好。"刘少奇听后语重心长地说："老时啊，一个先进生产者，一个共产党员，光工作好不行，各方面都得好。我们的事业越来越发展，没有文化哪行？我都这么大年纪啦，现在还学习呢！你才 45 岁，时间还不晚，以后要好好学习，阳历年的时候给我写封信吧。"说着，他从自己的上衣口袋里抽出一支英雄 100 号钢笔递到了时传祥手中。

群英会后，时传祥满怀幸福和激动之情回到了清洁队，带领着淘粪工人们干得更起劲了。而在工作之余，他以蚂蚁啃骨头的精神坚持学习文化知识。

1959 年 12 月 26 日，新年临近，刘少奇提前收到了时传祥的来信。他赞扬道："好老时，有毅力，有气魄嘛！"从此，一个大国的国家主席，一个普通的淘粪工人，结下了真挚而深厚的友情。

在如今现代化的大都市中，淘粪工已经消失，但只要存在着社会分工，行业之间就必然存在着差异，也仍然会存在苦、累、脏的工作，这些工作同样要有人去做。因此，时传祥"一人脏换来万家净"的精神对于今天来说，仍然没有过时。

党史人物 "一人脏换来万家净"的杰出工人 时传祥（1915—1975）

在共和国的英模录上，铭刻着一个叫时传祥的普通淘粪工人的名字。他以"宁肯一人脏，换来万家净"的精神，为首都北京的干净美丽做出过贡献。

时传祥出生在一个贫苦农民家庭。他14岁逃荒流落到北京城郊宣武门一家私人粪场，受生活所迫当了淘粪工。他干的这行，是没有节假日的，哪里该淘粪，不用人来找，他总是主动去。不管坑外多烂，不管坑底多深，他都想方设法淘干扫净。茅坑里掉进了砖头瓦块，他就弯下腰去，用手一块块地拣出来。

> **人物名片**
>
> 时传祥，山东齐河人，中华人民共和国第一代劳动模范，中国工人阶级的杰出代表。2019年9月，入选"最美奋斗者"名单。

时传祥是在中国新旧社会交替的时代涌现出来的典型人物。其可贵之处在于，他认识到为人民服务没有高低贵贱之分，都是光荣的，并发自内心地做好一些人认为是"低贱"的工作。

茅以升（1896—1989） 科学人物 主持修建钱塘江大桥的工程师

> **人物名片**
>
> 茅以升，江苏镇江人，中国铁道科学研究院院长，中国科学技术协会名誉主席，土木工程学家，桥梁专家，中国科学院院士，美国工程院院士。

茅以升主持中国铁道科学研究院工作30余年，为铁道科学技术进步作出了卓越的贡献，曾主持修建了中国人自己设计并建造的第一座现代化大型桥梁——钱塘江大桥。2019年9月25日，茅以升被评选为"最美奋斗者"。

钱塘江大桥是我国桥梁建筑史上的一座里程碑，同时也是我国桥梁工程师的摇篮。茅以升把工地办成学校，吸收大批土木工程专业的学生参加工程，为国家培养桥梁工程人才。与此同时，钱塘江大桥向全世界展示了中国科技工作者的聪明才智，展示了中华民族有自立于世界民族之林的能力。茅以升先生在钱塘江大桥建设中所显示出的伟大的爱国主义精神，敢为人先的科技创新精神，排除一切艰难险阻、勇往直前的奋斗精神，永远是鼓舞我们为祖国的繁荣富强不懈奋斗的精神财富。

总结强信念
ZONGJIE QIANGXINNIAN

一个国家、一个民族的发展，离不开各行各业劳动者的共同推动。无论是"两弹一星"、载人航天工程取得的辉煌成就，还是高铁、大飞机等的设计与制造，一切辉煌的成绩都离不开一代代劳动者的接续奋斗、攻坚克难。其中当然不乏像钱学森、邓稼先等家喻户晓的功勋科学家，但大多数人都只是默默工作在普通岗位上的平凡人。每一位工人都是国家机器上的一颗至关重要的螺丝钉，都是中国稳定发展的参与者和贡献者。他们坚守自己的工作岗位，默默奉献、不断创新，奋勇拼搏、前赴后继，为祖国燃烧青春热血。

劳动最光荣，劳动最崇高。让我们接过建设祖国的接力棒，争当大国工匠，在习近平总书记的带领下，为建设更加富裕更加兴旺的中国，实现中国梦而贡献出自己的力量！

扫码观看　　扫码收听

《我为祖国献石油》
地下原油见青天

作者：邱傲成

在中华人民共和国成立之前，我国的石油行业可以说是一片"荒芜"，生产的原油累计只有 278.5 万吨，而同期，我国从国外进口的原油近 2800 万吨，当时的中国石油市场十分受国外原油的制约。而在中华人民共和国成立之后，在中共中央的领导下，大力发展石油工业，涌现了一代代"石油人"，他们挺立能源荒野，鏖战神秘地宫，先后开采了玉门油田、克拉玛依油田、大庆油田等，实现了石油行业从小到大、由弱变强的伟大跨越。他们的精神与故事也广为流传。

锦绣河山美如画　　　　　我为祖国献石油

祖国建设跨骏马　　　　　哪里有石油哪里就是我的家

我当个石油工人多荣耀　　红旗飘飘映彩霞

头戴铝盔走天涯　　　　　英雄扬鞭催战马

头顶天山鹅毛雪　　　　　我当个石油工人多荣耀

面对戈壁大风沙　　　　　头戴铝盔走天涯

嘉陵江边迎朝阳　　　　　茫茫草原立井架

昆仑山下送晚霞　　　　　云雾深处把井打

天不怕地不怕　　　　　　地下原油见青天

风雪雷电任随它　　　　　祖国盛开石油花

　　《我为祖国献石油》创作于 1964 年。大庆油田 1205 "铁人" 钻井队工人在简陋的设备、恶劣的气候、艰辛的劳动及离乡背井的生活下，却创造了新中国的奇迹，这让曲作者秦咏诚对石油工人充满了敬意。他在挑选歌词时又发现了石油工人薛柱国写的《我为祖国献石油》，于是短时间内他便完成了这部作品。整首歌曲的歌词铿锵有力，曲调欢乐昂扬，描绘出了石油工人豪情壮志、乐观向上，为祖国做贡献的热情与干劲。

1. "地下原油见青天"，石油是如何炼制出来的?

石油，被称为工业的血液，而石油产业，更是我国的支柱产业之一。作为向众多其他产业供给"血液"的石油产业，有着极为复杂的工艺与极为严格的技术要求。石油炼制中包括大量的化学过程，一般石油炼制分为三大步骤，也称为石油炼制的"三部曲"。

"地下原油见青天"，石油炼制的第一步，是石油的蒸馏。通常，我们把从油田里开采出来的没有经过加工处理的石油叫原油，原油中含有水和氯化钙、氯化镁等盐类杂质成分，其中的水分会浪费燃料，而其中的盐类会腐蚀设备，因此在工业上就要去除原油中的水分和盐。炼油厂的蒸馏车间由分馏塔、加热炉和换热设备组成。每座分馏塔里上下又分成若干段，每段都可以准确地控制温度。从油田经过脱水后的原油，通过地下管网源源不断地输送到这里，进入炼化程序。第一关要用电和化学方法脱盐、脱水、脱酸，再进入常压分馏塔进行原油的初次加工。

一般来说碳原子数在 1～4 之间的烃为气态，5～16 为液态，16

以上则为固态。我们可以根据这一性质，利用分馏的方法获得我们需要的成分。原油经过分馏得到其中碳原子数小于 4 的就是我们所说的煤气；碳原子为 4~12 的较轻的烃类混合物挑出来放在一起，这就是汽车常用的燃料——汽油；然后再将较重的碳原子数为 10~22 的烃类混合物挑出来放在一起，这就是大货车常用的燃料——柴油。

但是石油分馏只能得到 25% 左右的汽油，煤油和柴油等轻质液体燃料的产量不高。那么，如何提高轻质燃料的产量，特别是汽油的产量呢？

接下来让我们思考一个问题，石油中含碳原子数不等的烃，我们如何对石油中的各种成分进行分离呢？

这就需要进行第二步——石油的裂化。

裂化，就是在一定条件下，把分子量大、沸点高的烃断裂为分子量小、沸点低的烃的过程。

裂化有热裂化和催化裂化两种，工业中常用的催化裂化是 C–C 键的断裂反应，反应速度较快。该反应是异构化反应，即在分子量大小不变的情况下，烃类分子发生结构和空间位置的变化；同时还是氢转移反应，即某一烃分子的氢脱下来，立即加到另一烯烃分子上。

在石油工业中还有一个工艺——裂解。裂解是石油化工生产过程中，以比裂化更高的温度（700 摄氏度~800 摄氏度，有时甚至高达 1000 摄氏度以上），使石油分馏产物（包括石油气）中的长链烃断裂成乙烯、丙烯等短链烃的加工过程。

裂解是一种更深度的裂化。石油裂解的化学过程比较复杂，生成的裂解气是成分复杂的混合气体，除主要产品乙烯外，还有丙烯、异丁烯及甲烷、乙烷、丁烷、炔烃、硫化氢和碳的氧化物等。裂解气经净化和分离，就可以得到所需纯度的乙烯、丙烯等基本有机化工原料。目前，石油裂解已成为生产乙烯的主要方法。

石油炼制的最后一步，是延迟焦化。延迟焦化是一种热裂化工艺，其主要目的是将高残碳的渣油转化为轻质油。延迟焦化与热裂化相似，在短时间内将温度上升到焦化反应所需程度，控制原料在不发生裂化反应，而延缓到焦炭塔中进行裂化，"延迟焦化"也正是因此得名。

2. 人的一生会用掉多少石油？

石油工人费了这么大劲得到的石油，在生活中都有什么用途？

首先大家肯定都知道的是用作燃油，约 72% 的石油用于制作各种燃油，比如汽车用的柴油、汽油以及其他各种交通工具的燃油。

但是如果没有专门了解，你会把黑乎乎的石油和五颜六色、形态各异的塑料制品联系起来吗？还有我们日常穿着的衣服，其中使用的涤纶、腈纶、锦纶等面料，都是由石油加工生产的合成纤维。纺织品所使用的纤维中，化学纤维的比重接近3/4，天然

肥皂

纤维占比仅有 1/4，而 90% 以上的化学纤维产品依赖于石油。

我们的平日里用的清洁用品，像洗发水、肥皂也都要用到石油的衍生物。还有我们吃的药物有很多都从苯衍生而来，而苯又是从石油中提取而来。同时石油也是制作化妆品的原料，其中的石蜡、香精、染料等都会用来制作化妆品。所以想想看，你一生要"用"掉多少石油？

另外，我们每天走过的沥青路面，其中沥青也是石油炼制中的产品，它是原油中最重的组分，将原油经常压蒸馏分出汽油、煤油、柴油等轻质馏分油，再经减压蒸馏分出减压馏分油，余下的残渣符合道路沥青规格时就可以直接生产出沥青。

所以说，石油不仅是"工业的血液"，也是我们生活中不可或缺的一部分。

如今我国的石油产业可谓是一日千里，在每个城市、每条公路上你都能找到加油站。然而在中华人民共和国成立之初，各行各业都处于迅速发展的阶段，能源的需求相当之大，我国落后贫瘠的石油产业无法满足发展的需求。因此，在党中央的领导下，我国的石油产业便开始了迅速的发展，一部艰苦又充满传奇色彩的石油发展史也由此开始书写。

1959 年 9 月 26 日 16 时，在黑龙江松嫩平原上的大同小镇附近，一座名为"松基三井"的油井里喷射出了黑色的石油，宣告了大庆油田的发现，这粉碎了国际敌对势力以石油为武器，对中国进行政治孤立、经济封锁、军事威胁的企图。从此，中国甩掉了"贫油国"的帽子。

1. "有条件要上，没有条件创造条件也要上！"

1960 年，王进喜率队奔赴大庆油田参加"石油大会战"。会战之初，几万人马一下子涌到萨尔图草原，困难重重。钻机到了，但吊车不够用，几十吨的设备怎么从车上卸下来呢？

"有条件要上，没有条件创造条件也要上。"王进喜喊出了这句后来广为人知的口号，带队"人拉肩扛运钻机"，用滚杠加撬杠，靠双手和肩膀，奋战了 3 天 3 夜。38 米高、22 吨重的井架迎着寒风矗立于荒原。油田要开钻，可水管还没接通。王进喜就带领工人拿着脸盆、水桶到附近水泡子（水滩、水坑的俗称）里破冰取水，一盆盆、一桶桶地往井场端了 50 吨水。经过 5 天零 4 小时的艰苦奋战，王进喜率领 1205 钻井队打出了大庆第一口油井，并创造了年进尺 10 万米的世界钻井纪录。

1960 年 4 月 29 日，1205 钻井队准备往第二口井搬家时，右腿被砸伤的王进喜在井场仍坚持工作。由于地层压力太大，第二口井打到 700 米时发生井喷，没有压井用的重晶粉，王进喜当即决定用水泥代替。成袋的水泥倒入泥浆池却搅拌不开，危急关头，王进喜不顾腿伤，扔掉拐杖，奋不顾身跳进齐腰深的泥浆池，用身体搅拌水泥浆，最终控制住了井喷，可王进喜累得站不起来了。房东大娘心疼地说："王队长，你可真是铁人啊！""铁人"二字就此传开。

在同年的 12 月，周恩来总理宣布：中国需要的石油，现在已经基本可以自给。中国人民使用"洋油"的时代，即将一去不复返了。

王进喜那句"有条件要上，没有条件创造条件也要上"的口号，极大地振奋了全国人民建设社会主义的信心和勇气。

截至 2019 年，大庆油田已为共和国开采了 23.9 亿吨原油、1320 亿立方米天然气，成为名副其实的世界级大油田。

大庆油田王进喜和石油工人雕像

2. "你就是把王铁人的骨头砸碎了，也找不出半个'我'字"

铁人精神是什么？工人们总结得好："不怕苦、不怕死，不为钱、不为名，一心为国家，一切为革命。" 1961 年，王进喜当了大队长，1965 年又当了钻井指挥部副总指挥，他却仍然以一名普通工人自居。他很少坐办公室，试验打直井的时候亲自扶刹把，钻头卡住了他亲自去提钻，他在现场累了困了就把老羊皮袄脱下来和工人们挤一挤……工人们说："我们身上有多少泥，咱铁人队长身上就有多少泥。"

"我是个普通工人，就是为国家打了几口井，一切成绩和荣誉都是党和人民的。"王进喜的一页学习笔记上写着这样一句话。工人们也说："王铁人这个人，国家就是他的命，你就是把他的骨头砸碎了，也找不出半个'我'字。""铁人"王进喜用生命践行誓言的精神，影响着一代又一代石油人。铁人精神无论在过去、现在和将来都有着不朽的价值和永恒的生命力，激励着无数年轻人忘我拼搏、艰苦奋斗！

党史人物 石油"铁人"

王进喜（1923—1970）

1938 年，15 岁的王进喜进入旧玉门油矿当童工。1950 年春天，他开始在老君庙钻探大队工作，成为我国第一代钻井工人。1956 年，他加入中国共产党，担任贝乌 5 队（1205 队前身）队长，带领贝乌 5 队创出了月进尺 5009.3 米的全国钻井最高纪录。1960 年，东北松辽石油大会战打响，他带领 1205 钻井队到了萨尔图车站。在万人誓师大会上，他喊出了铮铮誓言"宁肯少活 20 年，拼命也要拿下大油田"。为提高钻井速度，他和工人们改革游动滑车；为打好高压易喷井，他带领工人们研究改进泥浆泵；为提高钻井质量，他和科技人员一起研制成功控制井斜的"填满式钻井法"。他带领工人们打出了大庆第一口油井，并创造了年进尺 10 万米的世界钻井纪录。

人物名片

王进喜，出生于甘肃省玉门县赤金堡，黑龙江省大庆市大庆油田石油工人。因用自己身体"制伏"井喷而家喻户晓，人称"铁人"。1959 年，王进喜在全国"群英会"上被授予全国先进生产者称号。他是中共第九届中央委员、第三届全国人大代表。2009 年当选"100 位新中国成立以来感动中国人物""最美奋斗者"。

侯祥麟（1912—2008）

人物名片

侯祥麟，广东省汕头人，中国化学工程学家，燃料化工专家，中国科学院资深院士、中国工程院资深院士。2005 年 9 月，在侯祥麟同志先进事迹报告会上，时任中华人民共和国国务院总理温家宝点评道："侯老最常讲的两个字是平凡，但是在平凡中有不平凡的事迹。"

科学人物 石油赤子

1957 年至 1965 年期间，侯祥麟作为中国炼油技术的奠基人，解决了国产喷气燃料对镍铬合金火焰筒烧蚀的关键问题，国产航空煤油于 1965 年获国家新产品成果一等奖。侯祥麟领导研制出多种特殊润滑材料，满足了中国发展原子弹、导弹、卫星和新型喷气飞机的需要。侯祥麟还领导了流化催化裂化、催化重整、延迟焦化、尿素脱蜡及有关的催化剂、添加剂等"五朵金花"炼油新技术的成功开发，使中国炼油技术在 20 世纪 60 年代前期很快接近了当时的世界水平，结束了中国人使用"洋油"的历史，成功地突破了外国的封锁，推动和促进了中国炼油技术的成长和发展。

总结强信念
ZONGJIE QIANGXINNIAN

　　大庆油田的开发建设，铸就了以"爱国、创业、求实、奉献"为主要内涵的大庆精神和铁人精神，造就了一支敢打硬仗、勇创一流的优秀职工队伍，涌现了"铁人"王进喜、"新时期铁人"王启民等不少在全国很有影响的先进典型，形成了团结凝聚百万石油人的强大精神动力，集中展现了我国工人阶级的崇高品质和精神风貌。大庆精神、铁人精神已经成为中华民族伟大精神的重要组成部分，永远是激励中国人民不畏艰难、勇往直前的宝贵精神财富。

扫码观看　　扫码收听

《在希望的田野上》
一片冬麦，一片高粱；
十里荷塘，十里果香

作者：刘煜文

2014 年 11 月 1 日，我国探月工程三期再入返回飞行试验获得圆满成功。中国探月工程拿到的第一张"返程票"，标志着中国探月告别"单程票"时代，为未来嫦娥五号执行更为复杂的返回任务奠定了技术基础，开创了中国航天的又一项新纪录，再一次向全世界展示了中国力量。那么，大家可知道哪些物品有幸登上此次"奔月之旅"，成为首批实现地月往返的贵宾？

"我们的家乡，在希望的田野上，炊烟在新建的住房上飘荡，小河在美丽的村庄旁流淌……"没错，在这长达 8 天的探月旅程中，歌唱家彭丽媛的《在希望的田野上》，充满激情与梦想，在浩瀚太空一路唱响。

伴随着这优美的旋律，让我们一起重温《在希望的田野上》……

我们的家乡在希望的田野上
炊烟在新建的住房上飘荡
小河在美丽的村庄旁流淌
一片冬麦，（那个）一片高粱
十里（哟）荷塘，十里果香
哎咳哟嗬呀儿咿儿哟
咳我们世世代代在这田野上生活
为她富裕为她兴旺
我们的理想在希望的田野上
禾苗在农民的汗水里抽穗
牛羊在牧人的笛声中成长
西村纺花（那个）东港撒网
北疆（哟）播种南国打场
哎咳哟嗬呀儿咿儿哟
咳我们世世代代在这田野上劳动
为她打扮为她梳妆

我们的未来在希望的田野上
人们在明媚的阳光下生活
生活在人们的劳动中变样
老人们举杯（那个）孩子们欢笑
小伙儿（哟）弹琴姑娘歌唱
哎咳哟嗬呀儿咿儿哟
咳我们世世代代在这田野上奋斗
为她幸福　为她增光
为她幸福　为她增光

　　《在希望的田野上》是一首歌唱祖国繁荣富强的歌曲，乡土气息浓厚，歌词朴实，曲调优美流畅上口。这首歌通过对家乡"充满希望"的田野的赞美，抒发了人们对美好生活的向往，歌颂了新生活，歌颂了新时代。歌词把希望和未来巧妙地结合起来，既歌颂了改革开放以后的新变化、新面貌，又憧憬着富裕而幸福的未来。

　　1980 年，陈晓光作为《歌曲》月刊编辑，在四川温江农村深入生活，亲身感受到了农民发自心底的喜悦和农村的巨变，心情非常激动。于是他写下了"炊烟在新建的住房上飘荡"这句歌词，继而写成了这首几乎无人不知的经典作品《在希望的田野上》。作曲家施光南同样饱含着对农村的热爱和对新时代的向往，拿到歌词后仅花了半天时间就完成了谱曲。

科普传智慧

KEPU CHUANZHIHUI

农业活动是人类最基础的产业活动之一，人类利用土地的自然潜力来栽培作物或者饲养动物，从而获得所需的食物。人类种植的农作物可以分为粮食作物和经济作物两大类，小麦、高粱和稻谷都属于粮食作物。每逢秋收季节，田野里金灿灿的一片，大家可知道这金灿灿的农作物都是哪些品种呢？这些农作物都有哪些奇妙之处呢？

1. "一片冬麦"是什么？

甲骨文中有"麦"字，为"农作物"的卜辞，《殷墟书契后编》中记载："月一正，曰食麦"。"麦"即指小麦（春麦或冬麦）。曾任中国科学院遗传研究所植物遗传室主任、农业科学家李璠曾先后于1985年和1986年，两次在甘肃民乐东灰山遗址中，发现小麦碳化遗存。中

小麦穗

国是普通小麦的原产地和重要的起源中心之一，大约距今 4000 年前，小麦种植已扩展至黄河下游。龙山文化遗存的山东茌平教场铺、日照两城镇、胶州赵家庄等遗址，均出土比较多的碳化小麦标本，且均属栽培型。到了距今 3000 多年的殷商时期，小麦已经成为主要农作物。

"一片冬麦，（那个）一片高粱。"小麦可以分为冬麦和春麦两大类。冬麦一般种植在热量条件较好的暖温带和亚热带地区，在我国主要种植在秦岭淮河以北的华北平原和黄土高原地区，纬度范围大约在北纬 32°至北纬 40°。冬麦通常在秋季种植，到了冬季气温偏低，小麦生长基本停止，开始越冬；到了第二年春季气温回升，小麦返青继续生长，到了初夏时节，便可收割，也被称为夏粮。如果在小麦休眠的冬季，气温较低，降雪较多，从而冻死了地下的害虫，来年小麦反而能够获得丰收。"瑞雪兆丰年"就是这么来的。

小麦的茎干直立，植株丛生，具有 6～7 节，高 60～100 厘米，直径大约 5～7 毫米，叶鞘稍微松弛包裹着茎干，叶舌呈膜质，叶子呈长披针形。花序呈穗状，直立，长大约 5～10 厘米，宽 1～1.5 厘米，小穗含有 3～9 朵小花。果实的粉末呈白色，有黄棕色的果皮小片。

2021 年 7 月，国家统计局数据显示，2020 年全国小麦播种面积 22 711 千公顷，总产量为 13 168 万吨，比 2019 年增加 75.6 万吨。

2. "一片高粱"是什么?

说到高粱,人们第一时间就会想到酿酒。杜康是中国古代传说中发明酒的人。有一次杜康偶然把高粱米饭放在树洞中,时间久了,发酵成了酒。所以开始名叫"久",后来才有"酒"字,也就有了"酒"的历史。现在市面上销售的茅台酒、汾酒等名酒,主要是以高粱为原料。

高粱属禾本科一年生草本植物。秆较粗壮,直立,基部节上具支撑根。叶鞘无毛或稍有白粉;叶舌硬膜质,先端圆,边缘有纤毛。具有广泛的适应性和较强的抗逆能力,性喜温暖,抗旱、耐涝,无论平原肥地,还是干旱丘陵、瘠薄山区,均可种植。高粱的种植可分为春作与秋作两种。春作播种期约在农历三月底至四月中旬,时间不宜过早,因早期播种气温低,生长缓慢,遇到寒流易枯死;秋作则选在农历五月下旬至六月下旬之间播种,时间不宜太迟,以免生育中后期遇低温,影响生育而延迟成熟期。

高粱按性状及用途可分为食用高粱、糖用高粱、帚用高粱等类。食用高粱谷粒营养含量高,其中粗脂肪含量 3%、粗蛋白占 8%~11%、粗纤维占 2%~3%、淀粉占 65%~70%,可酿酒,可制作淀粉、面条、面卷、煎饼、蒸糕等。糖用高粱的秆含有大量的汁液和糖分,是新兴的一种糖料作物、饲料作物和能源作物。帚用高粱的穗可制笤帚或炊帚。高粱颖果能入药,食疗价值相当高,《本草纲目》记载"甘涩,温，无毒"，《本草撮要》描叙"入手足太阴、阳明经"。因此中医认为，高粱性平味甘、涩、温、无毒，能益脾温中，涩肠止泻。

高粱地

3. "十里荷塘"是什么?

"毕竟西湖六月中，风光不与四时同。接天莲叶无穷碧，映日荷花别样红。"（杨万里《晓出净慈寺送林子方》）具有独特美学意味的"荷塘"，是指种植莲藕的池塘，莲藕的叶和花称为荷叶与荷花，一般多见于南方地区和湿地。

莲藕属木兰亚纲，喜温，不耐阴，不宜缺水，惧怕大风。莲藕微甜而脆，可生食也可做菜，而且药用价值相当高，它的根根叶叶、花须果实，无不为宝，都可滋补入药。用莲藕制成的藕粉，能消食止泻，开胃清热，滋补养性，预防内出血，是妇孺童妪、体弱多病者上好的滋补佳珍。

荷花

　　莲藕的根，为须状不定根，着生在地下茎节上，束状，每节 5～8 束，每束有不定根 7～21 条，根系多分布较浅，长势弱。莲藕的茎，在土中 10～20 厘米深处横生，也就是我们熟知的可以食用的"藕"。我们在食用藕时，常常会有"藕断丝连"的现象，这其中的"丝"是输导组织中的导管。莲藕的叶，通称"荷叶"，为大型单叶，从茎的各节向上抽生，具长柄。叶片开始纵卷，以后展开，近圆形，全缘，绿色，上被蜡粉。莲藕的花通称"荷花"，着生于部分较大立叶的节位上，花冠由多瓣组成。果实通称"莲蓬"，其中分散嵌生的莲子，是真正的果实，属小坚果，内具种子一粒。

　　我国湖北盛产莲藕，其中洪湖莲藕，是湖北省荆州市洪湖特产，全国农产品地理标志。洪湖历史上属"云梦泽"东部的长江泛滥平原，当地特有的青泥巴土壤自身肥力足，质地细腻柔软，抓肥能力强，适合莲藕生长。洪湖莲藕形状长、饱满，淀粉含量丰富，具有香、脆、清等可口特点，煮汤易烂，肉质肥厚，炒食甜脆，煨汤易粉，既可鲜食，又可加工，还可入药，有清肺、利气、止血、下奶等功效。

4. "十里果香" 是什么？

《晏子春秋》中有记载："橘生淮南则为橘，生于淮北则为枳。"由此可见，水果是对气候和天气要求非常高的植物，地域分布比粮食更严格。

从整体地域分布上看，我国华南地区盛产椰子、芒果、菠萝、桂圆、荔枝、柚子、香蕉等热带、亚热带水果，秦岭—淮河以北的温带地区则盛产苹果、梨、柿子、葡萄等温带水果。水果行业的调查显示：2017 年我国山东、河南、陕西、广西、广东、新疆、河北、四川等八大省市水果产量超过千万吨。其中山东省水果产量为 2804.30 万吨，占全国水果产量的 11.11%；河南省水果产量为 2602.44 万吨，产量占比为 10.31%。

新疆，是我国久负盛名的瓜果大省。新疆曾有民谣传唱："吐鲁番的葡萄哈密的瓜，库尔勒的香梨人人夸，叶城的石榴顶呱呱。"这首民谣道出了新疆有名的 4 种瓜果。新疆瓜果品种繁多，质地优良，一年四季干果水果不绝于市，如石榴、葡萄、无花果、巴旦杏、杏、桑葚、蟠桃、梨、阿月浑子（开心果）、核桃、沙棘、伽师甜瓜、哈密瓜等。新疆地区光照强度大、日照时间长，能促进瓜果的光合作用，从而合成更多的糖类等有机物；同时，新疆地区昼夜温差比较大，有利于瓜果积累糖分、制造香气和色素，可显著地提高果品的品质，因此新疆的瓜果格外香甜。

四方学党史

SIFANG XUEDANGSHI

　　由于人多地少、人口增长以及耕地消耗等原因，在一段较长的时期里，中国的粮食安全问题曾引起国际社会关注，曾有外国经济学家发问："谁来养活中国？"对此，中国人已给出出色答卷。这当中，中国工程院院士袁隆平不断探索，在"杂交水稻"这道难题上取得了突破。

　　1959—1961年，我国发生了全国范围的粮食短缺的重大危机，这三年被称为"三年困难时期"。饱尝饥饿滋味的袁隆平决心投身祖国农业研究事业，立志要让更多人吃饱饭，为中国粮食产业贡献一生。

　　1961年7月的一天，和往常一样，在湖南安江农校做教师的袁隆平行走在稻田里，发现了一株"鹤立鸡群"的稻子。望着高矮不齐的稻株，袁隆平突然来了灵感：莫非自己找到的是一株天然杂交稻？如果真的如此，可以通过人工方法利用杂种优势，培养杂交水稻。他躬身埋在稻田里，检查了几十万株稻穗，终于在1964—1965年找到了6株雄性不育株。

　　此时，他只是一名普通的农校教师，他的研究一开始并不被看好，因为国际权威科学家普遍认为，水稻等自花授粉作物没有杂种优势。遭到质疑，更经历过失败，但袁隆平没有放弃。他像"追着太阳的候鸟"一样，不辞辛劳地在湖南、云南、海南、广东等地辗转研究。1970年，他的学生在海南南红农场沼泽中发现一株花粉败育的雄性不育野生稻，袁隆平将它命名为"野败"。杂交水稻研究从此打开了突破口。此后几年，袁隆平及其团队完成"三系"配套并成功培育杂交水稻。这一成果在1976年后得以在国内大面积推广应用，大大提高了水稻产量。

1971年到1972年，全国十多个省（区、市）的科研人员齐聚海南，袁隆平慷慨地将"野败"分送给大家，形成了一场以"野败"为主要材料培育三系配套杂交水稻的全国攻关大会战。1973年，在第二次全国杂交水稻科研协作会上，袁隆平正式宣布籼型杂交水稻三系配套成功，标志着我国水稻杂交优势利用研究取得重大突破。

1986年袁隆平提出杂交水稻育种的战略设想分为"三系法品种间杂种优势利用"，"两系法亚种间杂种优势利"和"一系法远缘杂种优势利用"三种。即杂交水稻在育种方法上由三系到两系再到一系，在优势水平上由品种间到亚种间再到远缘杂种优势利用。1995年，两系法杂交水稻研究在中国宣告成功，第二年开始大面积推广。1997年，袁隆平又进行超级杂交稻研究，2021年10月23日，在河北省邯郸市永年区硅谷农业科学研究院"杂交水稻"创高产示范基地，专家们通过现场实打实测，亩产达到1326.77公斤，标志着我国再创水稻大面积种植单产世界最高纪录！

　　杂交水稻的育成与应用，为我国粮食生产的发展和解决 14 亿人口的吃饭问题发挥了重大作用。

　　让杂交水稻走向世界、造福全人类是袁隆平院士的最大心愿。在中国政府的推动下，中国杂交水稻技术已经在越来越多的国家得到推广，在东南亚、南亚、南美洲、非洲等多个国家和地区的试种示范都取得了极大的成功。

党史人物

中国农村改革开放的先锋闯将

万里

（1916—2015）

1977 年 6 月，万里同志调任中共安徽省委第一书记兼安徽省军区第一政治委员、安徽省革委会主任。1978 年，安徽凤阳县小岗村的 18 名农民冒着极大的风险立下生死状，签署了土地承包责任书，实行包产到户。万里积极支持，并上报中央。他以非凡的政治胆识，大力支持、推广肥西县"包产到户"和凤阳县小岗村"包干到户"的做法，积极推动全省农业管理体制变革，为开辟中国农村改革的新道路做出了新的尝试。在万里的努力下，安徽省的家庭联产承包责任制改革，获得巨大成功，从此掀起了中国农村所有制改革的空前浪潮。万里同志是中国农村改革的先锋，他领导的安徽农村改革，是对新中国成立以来我国农村经济体制的一次重大突破，是对社会主义经济制度的一次成功的探索。

万里坚持解放思想、实事求是，冲破"左"的思想束缚，科学总结"农业学大寨"的经验教训，全面推行家庭联产承包责任制，推动农村改革全面深入发展。他提出改革农村生产经营体制，发展商品生产，肯定"包干到户"是党领导下的我国农民的伟大创造，是马克思主义理论在我国实践中的新运用。

人物名片

万里，汉族，中共党员，1916 年出生于山东省东平县，1936 年 5 月加入中国共产党并参加工作，久经考验的忠诚的共产主义战士，杰出的无产阶级革命家、政治家，党和国家的卓越领导人，曾任中国共产党第十一届、十二届中央书记处书记，第十二届、十三届中央政治局委员，国务院原副总理，第七届全国人民代表大会常务委员会委员长。

科学人物 | 杂交水稻之父
袁隆平
（1930—2021）

袁隆平出生于北平，1953 年从西南农学院遗传育种专业毕业后，被分配到湖南安江农校工作。

水稻是湖南的主要农作物。1966 年，袁隆平在《科学通报》上发表论文《水稻的雄性不孕性》，正式提出通过培育水稻三系（即雄性不育系、雄性不育保持系、雄性不育恢复系），以三系配套的方法来利用水稻杂种优势的设想与思路，由此拉开中国杂交水稻研究的帷幕。

1996 年，农业部提出超级稻育种计划。袁隆平领衔的科研团队通过形态改良和杂种优势利用相结合的技术路线，成功攻破水稻超高产育种难题，不断刷新亩产产量。目前，超级稻计划的五期目标已经全部完成，分别是亩产 700 公斤、800 公斤、900 公斤、1000 公斤和 1100 公斤。2021 年，超级稻已实现最高亩产达 1326.77 公斤。

袁隆平常和人说起他做过的两个梦：一个梦就是高产、更高产，就是"禾下乘凉梦"，这是真正做到的梦，在我们高产杂交稻穗下乘凉。第二个梦就是杂交稻覆盖全球梦，走出国门，让杂交稻为世界的粮食安全和世界和平做出贡献。现在还只有几百万公顷，要做到八千万公顷。前者是他真实的梦境，他曾梦见试验田里的超级杂交水稻长得比高粱还高，穗子有扫帚那么长，谷粒有花生米那么大，他和助手坐在稻穗下乘凉。这一梦想随着不断高产的超级稻逐渐成为现实。

人物名片

袁隆平，江西省九江市人，1981 年获得国家发明特等奖，2001 年获得首届国家最高科学技术奖，2014 年获得国家科学技术进步奖特等奖，2018 年获"改革先锋"称号，2019 年被授予"共和国勋章"。他还相继获得联合国教科文组织科学奖等二十余项国内国际大奖。

总结强信念
ZONGJIE QIANGXINNIAN

　　物换星移，岁月如歌。《在希望的田野上》从过去传唱到现在，传递的红色记忆，深深触动和感染着每一位中华儿女。歌曲用"大写意、大工笔"的手法渲染和重现新民歌的艺术品质，倡导新型的文化立国、民族复兴、实现伟大中国梦的国家战略，同时也昭示中国在全新的世界格局中的新身份、新角色，具有深远的启迪意义。中国已经从跟跑者，变成了引领者。

　　中国也在开创着自己的农业发展新历史。从中华人民共和国成立之初的土地改革，到家庭联产承包制的出现；从精准扶贫、乡村振兴，到美丽乡村建设；从面临的温饱问题，到瓜果飘香、良田万里的丰收景象，我们国家不断迎接困难、解决困难，推动着农村现代化的新发展、新变革。

　　在明媚的阳光下生活，生活在劳动中变样，历史的接力棒仍在传递。袁隆平院士开创了水稻育种的新局面，作为"杂交水稻之父"，他是中国的英雄，也是有着世界性贡献的杰出科学家。他用自己奋斗、坚守的一生，回答了"下个世纪谁来养活中国人？"这个时代命题。如今，历史的车轮滚滚向前，新的时代问题需要解决，新的时代

使命需要传递，历史的交接棒在一代代人手中接续不止，向上向善的追梦方向未曾改变，中国人民的伟大精神生生不息，人们跟着共产党走得愈发坚定。

扫码观看　　扫码收听

《天路》
那是一条神奇的天路

作者：陈金艳

  你心中的青藏高原也许是这样的：青青的牧场一望无际，披着清晨霞光的雪山巍然屹立在天边；也可能是另一种风情，风霜雪雨扑面而来，雄鹰展翅搏击长空……被誉为"世界屋脊"的青藏高原在接受大自然馈赠的同时，也经历着大自然的考验。极其复杂的地形给铁路的修建带来了巨大的困难和挑战。一代又一代的铁路人用他们的青春、血汗和智慧铸就了这条"人定胜天"之路。

唱响主旋律
CHANGXIANG ZHUXUANLÜ

清晨我站在青青的牧场
看到神鹰披着那霞光
像一片祥云飞过蓝天
为藏家儿女带来吉祥
黄昏我站在高高的山岗
盼望铁路修到我家乡
一条条巨龙翻山越岭
为雪域高原送来安康
……

以青藏铁路为创作背景谱写的《天路》，是由屈塬作词、印青作曲、韩红演唱的一首歌曲。悠扬明亮的旋律，娓娓道来的歌词，述说了藏家儿女盼望着铁路能够修到家乡的心情。"那是一条神奇的天路 / 把人间的温暖送到边疆 / 从此山不再高路不再漫长 / 各族儿女欢聚一堂……"这段歌词字里行间都诉说着这个跨世纪工程的重要性，那是一条经济线、团结线、生态线、幸福线。

要问《天路》一曲是因何而起？这归因于青藏铁路格尔木至拉萨段的开工。早在 20 世纪 50 年代，毛泽东主席就曾指示，要把铁路修到拉萨。1958 年，青藏铁路一期工程（西宁至格尔木段）动工修建，1979 年铺轨到格尔木。然而，一期工程完成以后，直到 2001 年，格尔木至拉萨段的铁路连续 20 多年始终没能推进。2001 年，中央才审查批准了青藏铁路可行性研究报告，同意开工建设。自此，作为实施西部大开发战略的标志性工程——青藏铁路格尔木至拉萨段建设全面拉开帷幕。

2001 年春天，当青藏铁路正在紧张地建设时，解放军总政治部领导要屈塬和印青为西藏军区歌舞团藏族歌手巴桑写首新歌，用来参加当年"八一"晚会演出。屈塬与印青是著名的作曲家和作词家，受一篇名为《青藏铁路揭秘》通讯的启发，他们去到了青藏铁路施工的现场。两位词曲作家发现，只要一谈起青藏铁路，人们都非常激动，他们不把青藏铁路称为普通的铁路，而称为"天路"。没过多久，一首专门歌颂青藏铁路的歌曲《天路》就被创作出来了。

作曲者印青在接受中央人民广播电台记者采访时曾动情地说："《天路》在礼赞西部大开发给国家带来巨变的同时，也讴歌了铁路建设者和老百姓的奉献精神，传递了老百姓的美好愿望。"

KEPU CHUANZHIHUI

当祖国其他地区在快速发展时，西藏还处于交通闭塞、物资匮乏的状态。要加强西藏与其他省市的交流合作，就势必需要一个大的通道——快捷、经济、全天候运行的通道。人们一直渴望着有一天它能够通往西藏腹地，把祖国的温暖送进这人间天堂。

但在世界屋脊上修建铁路谈何容易！

1. 山旮旯里真的可以修铁路吗？

曾经有国外媒体说，西藏根本没法修铁路。那里有 5000 米高的山脉要攀越，12 千米宽的河谷要架桥，还有绵延上千千米、根本不可能支撑铁轨和火车的冰雪和软泥。怎么可能有人在零下 30 摄氏度的低温中开凿隧道，或者在这个稍一运动就需要氧气瓶的地方架桥铺轨呢？

1958 年，青藏铁路建设工程正式启动。东起青海西宁，南至西藏拉萨，全程 85 个站点，共 1956 千米。1979 年青藏铁路一期西宁至格尔木段就已经建设完成，然而直到 2001 年格尔木至拉萨段才开始开工建设。20 多年的准备，就是为了克服工程建设面临的多年冻土、高寒缺氧、生态脆弱等三大世界性工程技术难题。"那是一条神奇的天路"，它穿越了青藏高原复杂多样的地形，克服了自然与人力的困难，打破了世界铁路专家认为不可能完成的定论。

2006 年 7 月 1 日——青藏铁路正式通车的那一天，在格尔木车站广场，现场的近万名建设者，听到胡锦涛总书记发出的正式通车的命令时，都激动得热泪奔流。中铁十四局三公司职工林红武回忆道："我从事筑路行业 20 多年了，如果问我干过的项目哪一个记忆最深刻？那无疑是青藏铁路，特别是那巍峨的三岔河特大桥，虽然已经过了十几年，但它仍常常出现在我的梦里。"

三岔河特大桥

2. 中国智慧解决冻土难题

（1）冻土会限制西藏的交通吗？

瑞士一位权威隧道工程师曾评论：穿越昆仑山的岩石和坚冰根本不可能。有如此结论，是因为复杂的冻土环境是制约青藏铁路建设的世界性难题。青藏高原拥有150万平方千米的冻土面积，这是北半球中低纬度地区冻土分布最广、厚度最大、海拔最高的地区。

冻土就是一种低于0摄氏度并且含有冰的特殊土壤。冻土作为一类特殊的土类，它的物理性质、化学性质和工程性质都和温度密切相关。根据时间的不同，可分为短时冻土、季节冻土以及多年冻土。多年冻土又称永久冻土，指的是持续两年或两年以上的冻结不融的土层。在多年冻土的上层，冬季冻结，夏季融化，这部分土层称为活动层。其下层常年冻结的是永冻层。

冬季冻土的形态和纹理

而青藏铁路需要解决的就是多年冻土问题。众所周知，水在 0 摄氏度以下会结冰。冬季冻土在冻结时体积膨胀，上面的路基会被冻土顶起。而夏季冻土在融化时体积收缩，路基便会塌陷。如此反复循环，当超过路基材料能够承受的强度，就会对路基和路面造成破坏，形成裂缝或凹陷，影响行车安全。因此，冻土区筑路技术的关键就是冻土的热稳定性问题。在冻土区修建铁路，会破坏冻土的天然平衡状态，削弱和破坏冻土的热稳定性，从而影响路基的稳定性。

（2）如何解决高原冻土问题?

建设青藏铁路必须从保持冻土在冻结状态的思路出发，采取一定的技术措施，力求达到保护冻土热稳定性、保证路基稳定。

以往冻土区铁路建设，主要采取增加路基高度和铺设保温材料等措施，以此来隔断或减少外界进入路基下部的热量，进而阻止或延缓多年冻土退化，这属于被动保温措施。然而，大量的工程实践表明：此方法不能从根本上改变路基的热物理状态。因为隔热保温措施虽然可以阻止暖季外界热量的传入，但同时也隔断了寒季外界冷量的输入，这并不利于路基工程的长期稳定。

对此，在青藏铁路冻土工程设计中积极探索新思路。在实验研究与理论分析的基础之上，确立了"主动降温、冷却地基保护冻土"的设计思想。最终，在多年冻土工程设计上实现了三大转变。具体包括："对冻土环境分析由静态转变为动态；对冻土保护由被动保温转变为主动降温；对冻土治理由单一措施转变为多管齐下、综合施治，从而使地基始终处于冻结状态。"

比如在路基沿线架设热棒。热棒是一种高约 4 米、内部中空、外部有散热片的金属柱子。它们的存在就像是一个个为地基准备的无需能源的"空调"。热棒的根部有很多空心管通入路基，当路基受热有水汽出现时，这些水汽就会顺着空心管道上升至热棒中。再加上高原地区的气温低、风力大，寒冷的风吹过热棒的散热片后，就会把热量带走，水汽就此也降温凝结。经过这样一个环节，原本的热量就不会在路基中积累，就能保持路基始终处在一个低温状态下。同时热棒还能把低温不断地输送给路基下的冻土，使冻土保持稳定。冻土保持稳定的状态后，路基自然也不会因此产生升降，而是稳稳地成为道路的依托。

除了热棒以外，还有架设在不稳定冻土区的高架桥、片石通风路基等。高架桥是当铁路通过高含冰量冻土区和冻土湿地区域时，以桥梁替代路基的方法，让铁路与冻土隔离。如青藏铁路的清水河特大桥就是这样一座特殊的桥梁。片石通风路基则是另一种充满智慧的创造。从它的名字我们可以窥探到这种特殊路基的不少细节，比如它是在冻土地面上用片石垒成的，片石的存在改变了冻土的不稳定性，片石间的孔隙可以透过空气，其中热空气上升，冷空气下降，在冷气流的保护下，冻土就会保持相对的稳定。另一种通风管路基的设计原理也与此大同小异，当空气在通风管内流动，带走多余的热量，保持了冻土层的低温状态，从而确保地基的稳定性。

青藏铁路线上最长的"以桥代路"工程——清水河特大桥

片石层路基、碎石护坡或护道措施、通风管路基以及热棒技术是青藏铁路修筑过程中的几大关键性措施。此外，由于水是冻土病害的最大根源，因此需要保证青藏铁路在建设时合理布置桥涵，设置挡水埝、排水沟、截水沟等工程。

3. 筑一条生态保护之路

（1）青藏路线有多美？

青藏铁路是一条具有青藏高原特色的生态环保型铁路。青藏铁路沿线既有高寒草甸、高寒草原、冰雪等组成的高寒生态景观，在可可西里和三江源地区又有蹄类野生动物的栖息地和迁徙路径；既有西藏境内广布的沼泽湿地，还有昆仑山、唐古拉山等雪峰与冰川等等。因此，修筑青藏铁路同样也是修筑生态保护之路。

众所周知，青藏高原独特的自然环境孕育了丰富的珍稀动植物和特殊的生态系统类型。在这里分布了众多冰川、冻土、湖泊和湿地，更是长江、黄河、恒河、印度河、雅鲁藏布江等亚洲著名大河的发源地，是亚洲最重要的生物多样性宝库和水源地，也是中国乃至亚洲地区重要的生态安全屏障。因此，青藏高原被世界基金会列为全球生物多样性保护最优先地区。

然而，由于青藏高原海拔高、空气稀薄、气候寒冷干旱，其动植物种类少、生长期短、生物链简单，这里的生态环境极其脆弱。并且，自 20 世纪中期以来，由于受到全球气候变暖、鼠害虫害等自然灾害的影响，青藏高原已经出现了雪线上升、冰川退缩、冻土退化、沼泽湿地衰减等严重情况。青藏高原变得更为脆弱。

正因为青藏高原在生态环境保护中的重要性和它不堪一击的生态现状，青藏铁路这一工程为世界所瞩目。如何尽可能顺应自然、减少破坏、恢复生态是青藏铁路设计者们一直在思考的问题。

（2）如何修筑生态之路？

首先，严格控制破土面积。青藏铁路的施工便道严格规定在宽 3.5 米至 4 米之间，每 200 米设置一个错车岛，并且在施工区域和生活区域之间设有隔离设施，严格将施工人员的工作、生活限定在许可范围内。可以说在青藏铁路修筑过程中，每动一锹土都需要符合规范。其次，进行草皮回植。在青藏铁路修筑过程中，建设单位尽可能保留了施工范围内路基和施工车辆经过处的地表植被，将其逐段切块并连同腐殖土异地假植保存，待施工结束后，再将其覆盖到已经完成的路基边坡或施工场地表面。这种"草皮搬家"操作随后还被其他单位效仿。施工方除了回植草皮还会种植一些新的植被，将人工建设融入自然生态之中。再次，保护湿地。在青藏铁路的修建过程中还会尽量绕过湿地或"以桥代路"跨过湿地。除了保护湿地，青藏铁路甚至还创造性地再造出了世界上第一个高寒湿地。此外，重点考虑野生动物迁徙问题。青藏铁路在施工过程中尽量不去切割保护区，尽量采取绕避方案，若实在难以绕行便会在相应路段设置多处野生动物通道。

　　这是一条"神奇天路"，也是一条"绿色天路"，让人类与大自然亲密对话，与野生动物一同驰骋，让高原的生灵草木依旧圣洁。

能在世界屋脊上铺就钢铁大道，体现了我国数万名铁路人"特别能吃苦、特别能忍耐、特别能战斗"的精神。他们以科学的态度奋战在千里工地上，他们逢山开路、遇水架桥。铁轨一天天向着拉萨延伸，铁路人所创造的青藏铁路精神也在一天天成形。

"到了西大滩，气短腿发软；过了五道梁，哭爹又喊娘……"这是当地的一首民谣，讲的就是普通人初来青藏高原时发生高原反应的问题。

原铁道部常务副部长、中国工程院院士孙永福依旧清晰地记得2000年59岁的他初上青藏高原时的情景——在海拔4500米的沱沱河兵站一下车，发现"一脚踩不到地"，飘飘忽忽一阵难受。工作人员准备了氧气罐，请他上二楼休息。"我是真想去吸氧啊，可是腿不听话。"孙永福说。因为血氧饱和度过低，2004年10月，他在检查一座桥梁工程时忽然全身虚脱，天上飘着雪花，他的额头上却不断渗出豆大的汗珠。他回忆道，那一次，自己知道了濒死状态下的人在想什么。

2000年11月10日，江泽民总书记对青藏铁路建设作出重要批示，提出"这是我们进入新世纪应该作出的一个大决策，一个政治决策，要抓紧考虑"。青藏铁路建设前期工作进一步加快步伐。2001年

2月7日，国务院总理朱镕基宣布"修建青藏铁路，时机已经成熟，条件已经基本具备，可以批准立项"，并由孙永福担任总指挥。

在世界屋脊上修建铁路，在许多人看来是不可能的事。青藏铁路是通往西藏腹地的第一条铁路，也是世界上海拔最高、线路最长的高原铁路。青藏铁路建设会遇到许多困难，包括工程地质方面的多年冻土、大断层、滑坡、泥石流、地震；气候方面的高严寒、强辐射、强雷电、大风、缺氧；生态方面的植被脆弱、野生动物濒危，还有高原机械设备和新技术方面的难题……经过研究、考察和思考，孙永福决心迎接严峻挑战，突出解决三个世界性大难题：高寒缺氧、生态脆弱和多年冻土。

青藏铁路沿线氧气含量大约为平原地区的50%至60%，建设青藏铁路就要挑战生命极限，高寒缺氧、干燥风大、强紫外线辐射等使得施工人员的身体健康受到极大的威胁，而高原疾病的突袭更是猝不及防，几万人在高原上工作奋战，条件是很有限的，工作的地方多是零下几十度的荒山野岭，如果不注意这个问题，晚上起夜很有可能会造成感冒，由感冒转为脑水肿、肺水肿，这是很危险的。于是，中铁十二局在清水河基地创造性地搞了个箱子一样的活动厕所，晚上将厕所移过来与住房走廊的门对接上，这样再也不用到露天上厕所了。这也是在修建青藏铁路时最让孙永福感动的事。

人与环境和谐相处也是当年修筑铁路过程中的一大准则。施工时不可越过"雷池"半步，施工后要尽可能恢复原样。对环境的保护，青藏铁路工程已到了苛求的程度。当年有工人将一只受伤的黄羊烤来吃了，结果从个人到工区，从项目部到工程局，劳动竞赛的环保分全部被扣光，"损失"奖金300万元！为了藏羚羊产仔，中铁十二局停工20多天，损失数百万。在铁路沿线，到处可以听到人与动物和谐相处的感人故事，到处可以看到保护生态的良苦用心。

从格尔木到拉萨，千里工程线上发生了太多感人故事。当年修筑青藏铁路的消息传开后，全路20多个工程局几十万职工群情激动，纷纷请战。有17 000名员工的中铁二十局，七千多名职工写了决心书，报名上高原。他们中有40多年高原地质、气象、冻土的观测经验的研究者，有父子两代的铁路建设者，有20世纪70年代奋战青藏线一期西宁至格尔木又转战上高原的劳动者。他们义无反顾、挥师西进、勇挑重担，深刻诠释了"奉献"一词。

青藏铁路建设各单位编写的《青藏铁路：综合卷》中有一组数据，5年建设期间，全线接诊病人53万余人次。从格尔木到拉萨1142千米，被分成33个标段，共有211家施工单位中标，累计10万筑路大军挑战生命极限，在渺无人烟的广袤高原上，冒严寒，顶风雪，战缺氧，斗冻土，以惊人的毅力和勇气战胜各种难以想象的困难，创造了人类铁路建设史上的奇迹。

2004年，离开风火山隧道前，中铁二十局的罗宗帆爬上附近的一座山。上头有一个面向青藏铁路的小土包，埋着原风火山观测站党支部书记王占吉，他在20世纪80年代留下遗言："要把我埋在风火山，一定要等到火车从身边通过。"罗宗帆烧上纸钱，在坟前点了一根烟："老前辈，我们过来看你了。"

党史人物

戎马一生的新中国首任铁道部部长

滕代远
（1904—1974）

指挥百万铁路大军开山修路，遇水搭桥。1949年1月28日，中国人民革命军事委员会铁道部（简称军委铁道部）第一次铁道工作会议在石家庄召开，朱德亲自参加会议，宣布成立军委铁道部的命令。之后他对代表们说，"中央给你们派来个'将军大老板'"，指出今后滕代远要掌管铁路，要指挥百万铁路大军，开山修路，遇水搭桥，抢修抢运，支援大军过江，解放全中国。从此，滕代远全身心地投入新中国的铁道建设事业。

新中国成立后，军委铁道部改为中央人民政府铁道部。滕代远针对中国铁路实际存在的问题，参照苏联铁路建设经验，在铁道部其他领导同志的协助配合下，连续召开了运输、调度、工程、机务、运价、财务等一系列会议，大刀阔斧地推进铁路统一管理，明确铁路工作的指导思想，建立起分级管理、统一调度指挥的全国铁路管理新体制。

1957年10月15日，武汉长江大桥建成通车。在修建过程中，大桥的基础工程采取什么样的建设方案曾一度存在严重分歧。滕代远经过缜密的调查与研究，顶住各方压力，否定了沿用100多年的"气压沉箱法"，坚决支持具有创新思路的"管柱钻孔"方案，确保了大桥建设的顺利推进。大桥建成后，既经济、美观，又稳固、安全，使用年限可达100年。

滕代远常年保持着"过去战争年代经常下连队"的作风，经常深入基层检查工作。一次到重庆，天气炎热，重庆市委负责接待的同志为照顾他的健康，请他到宾馆去住，他不同意，坚持住在车上。滕代远说："我们搞铁路的人，两根钢轨就是我的岗位，我在车上睡得踏实，离开岗位就不是铁道部长了。"

人物名片

滕代远，男，湖南省怀化市麻阳县人，1924年参加中国共产党，中国共产党的优秀党员、久经考验的老一辈无产阶级革命家、党和国家杰出的领导人。新中国成立后，滕代远历任铁道部部长、全国政协副主席等领导职务。

科学人物 | 青藏铁路建设总监
孙永福
（1941—　）

　　孙永福长期从事铁路建设技术和管理工作，1984年担任铁道部副部长后，主持研究铁路建设管理体制改革，建立适应市场经济的新体制；研究铁路建设项目决策体系，提出按系统工程建设铁路大通道的规划设计新理念；主持建成大秦、京九、南昆、宝中铁路以及衡广、兰新复线等重点工程项目；主持重大科技攻关，总结出中国山区铁路建设成套新技术，成功研制大秦铁路重载运输成套设备；组织高速铁路技术研究，制定了有关标准规范；2001年后，主持青藏铁路建设，提出了建设方针，首次建立质量、环保、健康安全、工期、投资五大目标控制体系，确定了"冷却地基、保护冻土"的设计思想，攻克了多年冻土、生态脆弱、高寒缺氧三大难题，实现了管理创新、技术创新，为把青藏铁路建成世界一流高原铁路做出了重大贡献。

人物名片

　　孙永福，汉族，中共党员，中国工程院院士，1941年2月26日出生于陕西省长安县，籍贯陕西省西安市，铁路工程专家，教授级高级工程师，曾任中华人民共和国铁道部副部长、中国铁道学会理事长。

总结强信念

ZONGJIE QIANGXINNIAN

"那是一条神奇的天路，带我们走进人间天堂，青稞酒、酥油茶会更加香甜，幸福的歌声传遍四方……"党和人民不会忘记，在这场征服青藏高原的征程里，因为科学家们的攻坚克难，以及所有青藏铁路建设者们不懈奋斗，才有了如今这条"世界屋脊上的钢铁大道"。正是交通部门翻天覆地的变化，让这条风情万千的"天路"延绵在祖国的大好河山中。如今，青藏铁路已经安全运营 15 年。15 年来，青藏铁路这条世界上海拔最高、线路最长的高原铁路，不仅成为连接雪域高原与祖国其他地方的大动脉，还极大地促进了西藏、青海的经济和社会发展，成为各族人民心中的发展路、团结路、幸福路。

扫码观看　　扫码收听

《少年壮志不言愁》
金色盾牌热血铸就

———————

作者：王颖姣

    自古英雄出少年，在祖国的建设事业中，既有像王进喜那样的石油"铁人"在为我国开采资源，也有更多的年轻人为了心中的理想抱负投身于人民警察事业，分布在我们生活中看得见看不见的各个地方，为我们的幸福生活筑起一道安全防线。

唱响主旋律

CHANGXIANG ZHUXUANLÜ

几度风雨几度春秋

风霜雪雨搏激流

历尽苦难痴心不改

少年壮志不言愁

金色盾牌热血铸就

危难之中显身手

为了母亲的微笑

为了大地的丰收

峥嵘岁月，何惧风流

　　《少年壮志不言愁》是 1987 年由林汝为、雷蕾为电视剧《便衣警察》创作的主题曲，是一首激昂慷慨、充满革命英雄主义和革命乐观主义的人民警察之歌。于 2019 年 11 月，获评"新时代国际电视节全国十佳电视剧金曲"。

　　这首歌曲高度概括和深刻揭示了人民警察的宗旨、使命和高风亮节，风格豪迈粗犷又典雅古朴，给人以深沉浑厚之感，被年仅 24 岁的刘欢精准地诠释出了"金色盾牌热血铸就"的精神。刘欢也因此一夜走红，成功开启歌坛的辉煌。

　　一首歌的走红绝不仅仅取决于曲调和演唱者，词更至关重要。《少年壮志不言愁》的歌词做到了雅俗共赏，既具有中国古典文学的韵味，又通俗易懂、朗朗上口。

歌词中出现的"少年"是指心怀忠诚、肩扛使命，守护着党和人民的一代代人民警察。"金色盾牌"是警徽，是人民警察的标志和象征，从一个侧面反映出一个国家警察的精神风貌。闪耀的金色象征热情，也象征荣誉，它承载着警察沉甸甸的职责与使命。不同的警察具有不一样的职能。让我们了解一下这个伟大的职业。

1. 忠诚卫士——人民警察

（1）"警察"一词的来源

"警察"这个词最早源于古希腊，表示"秩序""社会和平"的意思。在中国古代典籍中"警察"一词最初以动词的形式出现。唐代颜师古在注解《汉书》作注时首次使用警察一词，"密使警察不欲宣露也"，这里的"警察"是警之于先、察之于后的意思。到了金代，警察一词开始以名词的形式出现。《金史·百官志三》记载"诸京警巡院，使一员，正六品，掌平理狱讼，警察别部"，这里的"警察"是指掌管狱讼案件的职位。光绪十年（1884年），傅云龙去了日本等国家访问考察，在日本部分的考察记中有《游历日本图经》和《游历日本图经余记》两册，书中将日本以汉字书写的"警察"带了回来。接着，中国第一代日本专家黄遵宪又在所著的《日本国志》里简介了日本的警察制度。"警察"这个现代名词开始出现。

（2）警察职业

警察是指根据国家和统治者阶级的意志，按照确定标准设置的警察机关及其警务人员。一般指按照具有武装性质的维护国家安全和社会治安秩序，在警察机关中行使警察职权，履行警察职责的国家公职人员。在《现代汉语词典》（第六版）中，"警察"解释为具有武装性质的国家治安行政人员。

（3）公安和警察的区别

1924年第一次国共合作时期，我国便开始使用"公安"一词，当时的广州革命政府将其负责治安的部门称为公安局。1928年国民政府要求各省会警察机关一律改称为公安局。当时的公安局除了具备警察职能，还兼消防等事项。说明当时公安的内容包含着警察的内容。在中国共产党历史上建立的机构中，第一次出现"公安"一词是在南昌起义后，在南昌设立了公安局。而正式使用"公安"一词，是在1939年2月发布的《关于成立社会部的决定》，要求各边区行署设公安局或保安处，在各县设公安局。1940年发布的《公安局组织纲要》，"公安"的称谓基本固定下来。在中华人民共和国成立后，1949年10月召开的第一次全国公安会议明确全国统一使用公安部、公安厅、公安局的称谓。至此，公安的称谓在我国以立法的形式确立下来。

警察和公安两者之间，既有联系，又有区别。二者的联系在于：公安是对警察的发展，公安在概念上具备警察所具有的治安行政性质和刑事司法性质。而这两者之间的区别在于：一是公安是中国特有的国家制度，仅存在于中国大陆地区；警察是行使特殊国家职能的主体力量及其成员，并不是我国所特有的，而是人类历史上和世界范围内所普遍存在的。二是在时间上，警察早于公安。警察产生于人类社会的早期，为了革除警察制度的弊端，公安才被发展性地创造出来。

我国还存在把公安机关的人民警察称为公安干警、公安民警的现象。主要为习惯用语，并不具有规范性。

2. 警徽

警徽是人民警察的标志和象征，由国徽、盾牌、长城、松枝组成。国徽是国家的标志和象征，表明人民警察是国家法律的捍卫者；盾牌是人民警察的象征，表明人民警察保卫人民的神圣职责；长城象征人民警察是维护社会秩序和国家安全的钢铁长城；松枝象征人民警察的品质和战斗意志。

警徽荣耀，热血铸就。千千万万人民警察，如孺子牛一般，对党忠诚、心系群众、舍身忘我、甘愿奉献，不断发光发热，温暖了百姓，践行了初心，护佑着一方平安。他们曾许下铮铮誓言，"我愿献身于崇高的人民公安事业，为实现自己的誓言而努力奋斗"，他们也以实际行动甚至生命，向党和人民交上一份份令人满意的平安答卷。

四方学党史

SIFANG XUEDANGSHI

1949 年 3 月，罗瑞卿赴西柏坡参加中共七届二中全会。毛泽东见四野和一野都争着要罗瑞卿，便笑眯眯地对前来请求的罗瑞卿说："好哇，你现在是个香饽饽，都要抢你呢！不过，是南下还是西去，待打下太原后再定，说不准还会有别的任务呢！"当年 6 月初，周恩来打电话给罗瑞卿：即来北平重新安排工作。罗瑞卿次日到达北平，周恩来开门见山地告诉他，中央要他出任即将成立的中央人民政府的公安部部长。

把一位高级将领从解放战争的战场上召回来，委以组建中华人民共和国公安部和公安部队的重任，可见当时保卫新生政权安全的任务是多么急迫，全国社会治安状况是多么严峻。

党中央决定让罗瑞卿担任中华人民共和国首任公安部部长，不仅因为他既能征善战，又懂政治工作，而且早在红军时期就担任红一军团和红一方面军保卫局局长，长征中一路保卫党中央，显示了卓越的保卫工作才干。

这时的罗瑞卿，面临的是共和国成立之初难以想象的复杂社会局面。

但罗瑞卿表示，希望随军作战，认为由中央社会部部长李克农出任更合适。周恩来对他说："各人有各人的事，李克农有李克农的事。"并告诉他，此事中央已经决定，"今晚毛主席还要接见你，你就不要再提上前线的事了。"

毛泽东在香山双清别墅一见罗瑞卿就说："听说你不愿意干公安部部长，还要去打仗？现在要建立新的国家政权了，我们都不干，都还去打仗，那行吗？"罗瑞卿听后表示："党让我做什么，我就做什么，把党和主席交给我的工作做好。"

7月6日，罗瑞卿受命组建公安部并任部长。他先以中央社会部的部分机构和华北局社会部全体人员为基础，随即，中共中央和中央军委抽调了数百名军队高、中级干部，以及大批各地党委干部和青年知识分子进入公安部。

在组建公安部的同时，罗瑞卿已开始着手组建中华人民共和国的公安部队（不设宪兵、警备队）。率先成立的中国人民公安中央纵队，在中华人民共和国成立初期社会治安极其复杂的情况下，保障了党中央和北京市的安全。

公安部队在罗瑞卿领导的十年间，协同有关方面平息了反革命暴乱和武装叛乱340起；中华人民共和国成立初期配合国防军剿匪220万人，20世纪50年代末基本肃清国内残匪；捕歼、击沉、击伤和缴获敌船58艘，击落、击伤敌机4架。公安部队还赴朝鲜执行了抗美援朝作战中的后方警卫任务，包括维持战地和后方治安、看押俘虏和谈判等。

党史人物 新中国第一位公安部长

罗瑞卿（1906—1978）

罗瑞卿于 1906 年生于四川南充，1928 年成为中共党员，1929 年参加中国工农红军。他参加过多次重大战役。罗瑞卿与毛主席相识时，由于个子很高，被主席称作"长子"，从此"罗长子"这个名号便常常挂在主席嘴边。罗瑞卿做事细致周到，非常适合做保卫工作。他深知毛主席的安危事关中国革命的成败，因此跟毛主席形影不离。毛主席在长征期间虽屡屡身处险境，却始终都能安如泰山，罗瑞卿的保卫工作功不可没。毛主席评价他："罗瑞卿往身边一站，就感到十分放心。"

他既是优秀的政治工作领导者，又是优秀的军事指挥员，对开创中华人民共和国的公安政法工作、保卫社会主义革命和建设事业做出卓越贡献；为维护党对军队的绝对领导，加强全军战备训练，发展国防尖端武器和航天事业，促进军队革命化、现代化、正规化的建设，呕心沥血，鞠躬尽瘁。

人物名片

罗瑞卿，四川南充人。历任红一方面军保卫局长、中国人民抗日军事政治大学副校长、八路军野战政治部主任、中华人民共和国首任公安部长、国务院副总理、中央军委秘书长、解放军总参谋长、中央书记处书记、国防委员会副主席、国防工业办公室主任等职，1955 年被授予大将军衔。

刘耀（1937— ） 科学人物 全国公安系统和法医界第一位院士

人物名片

刘耀，山西忻州河曲人，法医毒物分析学家，中国工程院院士，西安交通大学医学院法医系教授、博士生导师。曾担任公安部第二研究所室主任、中国人民公安大学副校长等职。获国家科技进步奖二等奖 2 项、三等奖 2 项，国家科技大会奖 1 项，部级科技奖 10 项。

25 岁时，刘耀作为一名化学系无机专业的毕业生，意外被公安部选中，成为一名法医。改革开放之初，刘耀出国进修两年，主办、协办了 1000 余起毒物案件检验，在多个权威学术杂志上发表数篇论文，并独立完成 4 个全球尖端科研项目。1984 年，刘耀从毒物鉴定开始，推动我国物证鉴定的质量控制和标准化工作，与国际接轨。从事法医毒物分析工作的这 50 年，刘耀在国内法医界首次提出"毒物分析质量控制"技术，建立起 8 组 55 种常见毒物分析的质量控制方法，逐步使中国法医毒物分析整体水平达到国际先进水平；主持并参加完成了 20 项国家级和省部级重大科研项目；筹建了公安部物证鉴定中心。

总结强信念
ZONGJIE QIANGXINNIAN

"金色盾牌热血铸就，危难之处显身手"，人民警察犹如"金色盾牌"为人民驱逐不安，救人民于危难之中。人民警察怀着对党的忠诚，对理想和信仰的执着追究，即使自己身处逆境，历经坎坷，但绝不言愁，立下保护祖国和保卫人民的雄心壮志。

峥嵘岁月，何惧风流。不惧生死、英勇奋斗是人民警察队伍的鲜明标签，一代又一代人民警察为国家的繁荣安宁前赴后继、铸就忠诚。

致敬警察

在他们身上，我们看到了生与死、正与邪、黑与白的较量，感受到了勇气、奉献与崇高。大多数普通人很少会去想，在和平年代，是谁在守护着社会的平安！"哪有什么岁月静好，只不过有人替你负重前行。"人民警察，用辛勤的汗水乃至宝贵的鲜血和生命，捍卫政治安全、维护社会安定、保障人民安宁。

其实，除了人民警察，在社会上的每一个行业、每一条战线，都有许许多多这样值得尊敬的人，他们在平凡中践行着"忠诚"的含义，在琐碎中展现着"初心"的足迹，在重复中书写着"使命"的伟大。大江南北，拼搏铸就辉煌；寒来暑往，奔跑无问西东。

栉风沐雨，砥砺前行。他们，在血与火的淬炼中诠释初心，在国与家的守护中担当使命，在生与死考验中彰显忠诚，他们在每一个日夜坚守岗位，尽心尽责。山再高路再长，没有他们闯不出的路，也没有他们过不了的关。

问苍穹何者不朽，唯忠诚永不落幕。向人民警察致敬！

扫码观看　　扫码收听

04 精神篇

花儿为什么这样红

　　中华民族能够在磨难中奋起，离不开伟大民族精神的支撑；中国共产党在革命、建设和改革历程中不断取得成功，离不开强大精神力量的推动。中华人民共和国的革命鲜花为什么红得如此灿烂？本章选取了《马桑树儿搭灯台》等五首具有精神烙印的歌曲，用艰苦奋斗精神，铸就民族底气；用无私奉献精神，书写青春篇章；用勇于创新精神，开启时代征程！

《马桑树儿搭灯台》

马桑树树儿搭灯台哟嗬

作者：孙伟

在湖南湘西小县城的一个乡村，春的气息催动了灯台树的枝丫，它奋力地生长着，缠绕上马桑树的枝条，从此两相依偎，永不分离。就这样，一个丰富的音乐意象出现了，一曲传唱千百年的经典民歌诞生了。它深情婉柔，动人心弦，是中国式古典爱情的又一曲颂歌。同时，它又将保家卫国和男女恋情完美地结合起来，荡气回肠，久久地传唱不衰。

马桑树树儿搭灯台（哟嗬）

写封的书信与（也）姐带（哟）

郎去当兵姐（也）在家（呀）

我三年两年

我不得来（哟）

你个儿移花别（也）处栽（哟）

马桑树树儿搭灯台（哟嗬）

写封的书信与（呀）郎带（哟）

你一年不来我一也年等（呀）

你两年不来

我两年挨（哟）

钥匙的不到锁（也）不开（哟）

　　这首家喻户晓的桑植民歌《马桑树儿搭灯台》，背后的故事发生地湖南桑植，桑植是湘西土家族聚居地之一。年轻的红军师长贺锦斋改写了这首民歌的歌词，他和妻子戴桂香一起用生命演绎了这首民歌。这首民歌是中国非物质文化遗产桑植民歌中的代表性曲目，也是中国民歌宝库中的经典之作。

灯台树，归属于山茱萸科，灯台树属。落叶乔木，高6～15米。喜温暖气候及半荫环境，适应性强，既耐寒又耐热，生长快。宜在肥沃、湿润及疏松、排水良好的土壤上生长。

在我国的湘西、鄂北地区及西南地区的群山里遍地生长着马桑树。马桑树亦称"千年红""马鞍子"，常见为灌木。《尔雅》曰："木旗（簇）生为灌，灌木，丛木也。"马桑树是簇生的，多枝丛生成一簇，枝易脆、弯曲。但在西南地区和华中的湘西鄂北（广义的西南）却广泛流传着马桑树过去是高大乔木的传说，只是近两三百年才变成又矮又弯的簇生灌木。马桑树多枝丛生，一簇一簇的，枝易脆，弯弯曲曲，长不高，可是，春风一吹，满山的马桑树就吐翠滴绿，显示出强劲的生命力。

1. "山寨桑葚"马桑果，吃不得！

马桑全株有毒，嫩叶及未成熟的果实毒性较大。马桑果如豌豆大小，圆形多肉，未成熟时呈绿色，每年的5—6月份成熟，初呈鲜红色，成熟后呈深红色或紫黑色，色彩艳丽，多肉多浆，味甜略涩。由于马桑果和可食用的果实桑葚有点类似，如果不加以辨别，很容易误食。所以也就是每年的这个时期，"马桑果"中毒进入高发期，中毒人群多为农村儿童和学生。

2. 如何正确辨识马桑果?

虽然马桑果形似桑葚，但还是可以从果形和叶形来进行区分的：马桑果呈球形，通常呈穗状生长，叶对生，椭圆形或阔椭圆形；桑葚为聚花果，叶互生，叶片卵形或宽卵形。

桑葚

3. 马桑果中毒后有哪些临床表现?

马桑果主要毒性成分为马桑内酯、吐丁内酯等。一旦误食马桑果,多在 1~3 小时内发病,轻者出现恶心、呕吐、眩晕等中毒症状,严重者出现昏迷,甚至心脏骤停、呼吸衰竭而死亡。

4. 马桑果中毒怎么办?

误食马桑果后,要立即催吐,减少毒素吸收,并立即就医,不要自行服用药物,以免耽误救治时机。就医时,最好带上吃剩的果实或者采摘的植株,辅助医生更快地进行诊断和治疗。

5. 如何预防马桑果中毒?

预防马桑果中毒,最好的方法就是不要自行采摘、食用野生植物和果实。

桑植县洪家关光荣院前，几株青青的马桑树下，贺锦斋和戴桂香夫妻俩的坟茔相依相偎，似在浅浅吟唱：你一年不来我一年等，你两年不来我两年挨……

贺锦斋，原名文绣，乳名春生，贺龙的堂弟，1901年2月4日出生在湖南桑植县洪家关一个塾师家庭。在革命生涯中，他常常用诗歌来抒发革命豪情，歌颂共产党和人民群众的英雄业绩，揭露反动派的残暴罪行，赢得了"上马战斗下马诗"的美誉。

"黑夜茫茫风雨狂，跟随常兄赴疆场。流血身死何所惧，刀剑丛中斩豺狼。"贺锦斋对贺龙"两把菜刀闹革命"、组织讨伐袁世凯护国军的壮举十分景仰，义无反顾地选择了枪林弹雨的革命生涯。1919年，新婚不久的贺锦斋，作诗辞别妻了戴桂香，毅然加入了贺龙的部队。

贺锦斋在北伐战争中指挥部队屡战屡胜，很快被委以重任。1926年5月，贺龙率部从贵州铜仁出发响应北伐，直捣常德、桃源，贺锦斋作为国民革命军第九军第一师团长，率先攻克澧县县城，生擒了敌城防司令。贺龙部队继续北进时在湖北公安与敌军遭遇，激战中第一旅旅长贺敦武阵亡，贺锦斋临危受命为代理旅长，率敢死队冲入敌阵，大败敌军。同年 11 月中旬，屡立战功的贺锦斋被任命为第一旅旅长，他出奇兵迅速攻克宜昌，消灭了吴佩孚的一个师，成为名震一方的北伐名将。

南昌起义中，贺锦斋主攻敌第五路军总指挥部。他身先士卒，置生死于度外，冒着敌军的猛烈炮火冲锋，占领了制高点鼓楼。然后，一边居高临下用火力压制敌军，一边协同迂回到敌军背后的友军进行前后夹击。经过 3 小时的殊死战斗，贺锦斋部全歼守敌，取得了南昌起义决定性胜利。

在随起义部队南征途中，贺锦斋光荣地加入了中国共产党，1928年 3 月，随贺龙、周逸群等回到家乡建立革命武装和根据地。这一年，他将传唱已久的民歌《马桑树儿搭灯台》改词，让妻子戴桂香教群众传唱。这首民歌唱出了革命者无所畏惧的斗志，唱出了桑植人坚贞不渝的爱情，激励更多湘西子弟投身血与火的革命斗争中。

"吾将吾身献吾党，难能菽水再承欢！" 1928 年 7 月，贺锦斋分别出任新组建的中共湘西前敌委员会委员和中国工农革命军第四军第1 师师长，8 月底，他随贺龙挥师东下，抵达石门漤阳开展土地革命。9 月初，红四军遭到敌第十四军教导师李云杰部队及多股团防的包围袭击。9 月 8 日，贺锦斋主动请求掩护主力突围时，不幸壮烈牺牲，时年 27 岁。

1931 年，惊悉噩耗的戴桂香悲恸万分。哭过后，戴桂香把泪一抹，腰杆一挺。"马桑树儿搭灯台，写封书信与郎带。你一年不来我一年等，两年不来我两年挨，钥匙不到锁不开。"她在家里唱，在外面唱，在群众中唱。一时间，这首歌家喻户晓，不仅人人会唱，还激发了更多桑植儿女加入了红军的队伍。

1935 年 11 月 19 日，红二、红六军团分别在桑植刘家坪的干田坝和瑞塔铺的枫树塔举行突围誓师大会。当日晚，在贺龙、任弼时、关向应等人率领下，红二、红六军团告别了他们经过艰苦斗争创建的湘鄂川黔根据地，告别了患难与共的父老乡亲，踏上了战略转移的漫漫征程。

这首催人泪下的民歌伴随着戴桂香度过了无数个凄清孤独的长夜。每一字、每一句，她一遍一遍地重复着，记在心头，融入血液。

晚年时光，戴桂香每天总要去丈夫坟前坐几个小时，手拿几片马桑树叶，陪着他静静吟唱《马桑树儿搭灯台》。生前守望着他的人，身后守望着他的坟。守望着，守望着，就这样过了 67 个春秋。直到 1995 年老人平静地走完人生最后一站。

党史人物

"上马战斗下马诗"
贺锦斋与戴桂香的爱情故事

1926 年 5 月，贺龙响应广东革命政府的号召，率部参加北伐战争。贺锦斋任国民革命军第 9 军 1 师团长、代理旅长，指挥所在部队参加了澧县、斗湖堤、武胜关、逍遥镇等战斗，屡建战功。1927 年，在蒋介石发动四·一二反革命政变的重大历史关头，贺锦斋跟随贺龙坚定地站在革命一边。6 月，共产党把在汉口的工农革命武装编入贺龙的部队，使该部迅速扩编为国民革命军第二十军，贺龙任军长，贺锦斋任第一师师长。他指挥所部参加了瑞金、会昌等战斗。起义军在潮（安）汕（头）地区失败后，与部队失去联系，他克服千难万险，辗转至上海，寻找党的组织，并在途中加入中国共产党。1928 年 9 月 8 日在石门泥沙镇战斗中，为掩护贺龙率部突围，贺锦斋亲率警卫营和手枪连奋勇冲杀，壮烈牺牲，年仅 27 岁。

贺锦斋的妻子戴桂香听闻噩耗，哭过后对自己说：我不能倒下，我还要帮丈夫孝敬双亲，我还要把丈夫留下的那首歌唱下去，我要与命运抗争！

她终生素衣守寡，60 多年里几乎每天都去丈夫坟前唱这首歌，每天摘一两片马桑叶。直到离世，她留下的一口木箱，装的全是马桑叶。

人物名片

贺锦斋（1901—1028），男，湖南桑植人，中共党员，湘鄂边红军创建人之一。他常常用诗歌来抒发自己的革命情怀，歌颂共产党人的英雄业绩，揭露反动统治者的残暴罪行，赢得"上马战斗下马诗"的美誉。他在新婚不久就加入贺龙部队，改编湘西民谣《马桑树儿搭灯台》，唱出坚贞不渝的爱情及革命者的无所畏惧。1927 年 9 月在战斗中不幸牺牲。

科学人物 |

郭永怀与李佩的爱情故事

1968年12月5日的凌晨，郭永怀搭乘夜航专机从酒泉基地飞临北京机场降落时，因大雾飞机失事，不幸遇难。同机的唯一生还者，在昏迷醒来后的回忆中说，当飞机出现险情时机舱里一片沉默，最后只听到过有一声高喊，那句话只有四个字——"我的资料！"赶来接应的解放军战士们，在清理飞机的坠毁燃烧现场时，看到了引人注目、紧紧抱在一起的两具已被烧损的遗体。当人们费力地把他们分开时，才发现两个人胸膛间还紧紧夹住了一个未被烧焦的公文包。现场的战士们跪地一片，放声痛哭。

那两个紧紧抱在一起的人，就是郭永怀和他的警卫员牟方东。当这个公文包被专门护送到城里，同事们打开发现，相关热核导弹项目的试验数据等重要技术资料文件全部完好无损，在场者无不动容。1968年12月25日，郭永怀被追认为烈士，他也是中国的"两弹元勋"中唯一的烈士。

在郭永怀牺牲之后，他的妻子李佩却以非凡的刚毅坚韧精神，顽强地独自面对人生，继续无怨无悔地投身于教育事业。1978年，中国科学技术大学研究生院成立，李佩担任外语教学部主任，负责全校的外语教学。该研究生院从首批研究生开始，都有幸聆听过她的教诲。她的严谨学风和严格要求，使得同学们终身获益。

从1979年开始，她不仅力排众议，积极推动出国留学工作，还支持和承担了李政道举办的"中美联合培养物理类研究生计划"（CUSPEA）招考项目，引领了当代中国的"留学潮"。李佩主持的外语系，在20世纪80年代初成为了全国研究生外语教学最强的单位之一。她因学术造诣高和其成功实践，被国际学界誉为"中国应用语言学之母"。

人物名片

郭永怀（1909—1968），男，山东省荣成市滕家镇人，中共党员，著名力学家、应用数学家、空气动力学家，中国科学院学部委员（即中国科学院院士），中国科学技术大学化学物理系首任系主任，近代力学事业的奠基人之一。

李佩（1917—2017），女，江苏镇江人，中国共产党的优秀党员，著名语言学家，中国早期回国专家，"两弹一星"元勋郭永怀先生的夫人。被称作"中国科学院最美的玫瑰""中国应用语言学之母"，曾长期担任中国科学技术大学和中国科学院大学的英语教授。

　　吾将吾身献吾党，一生只待一人归。《马桑树儿搭灯台》的背后讲述的哪里又只是贺锦斋和戴桂香的故事？经过改编后的《马桑树儿搭灯台》，通过委婉的曲调和质朴的语言，描述了分隔千里的夫妻思念之情。丈夫献身祖国不惜流血汗，妻子在家孝敬父母，任劳任怨，等待丈夫归来，这种朴实坚贞的爱情观，在大革命时期更被赋予了一抹浓浓的鲜红色彩。在新时代，戍边的战士、守家的妻子以及其他为了保卫和建设祖国两地分居的家庭比比皆是。他们深知，没有大家何来小家，只有大国富强稳健，小家才殷实幸福。马桑树儿搭灯台哟嗬，同样的爱情故事一直在传唱。

扫码观看　　　扫码收听

《红星歌》
红星闪闪放光彩

作者：赵聪

———

中国人民站起来了！站在山峰之巅，豪情满怀。抬头望，冉冉升起的一颗颗明亮的"红星"，像一簇簇鲜艳的火苗，照耀了一个崭新的中国。习近平总书记强调："要传承好红色基因。""红星"凝聚了红色基因中的革命精神。在中国短短的百年征程中，孕育了革命的火种——中国共产党。中国共产党从一叶红船扬帆起航，似一簇星星之火掀起燎原之势，带领中华民族驱走了黑暗，创造了无数令人难以置信的奇迹，如同"红星闪闪，光芒万丈"。

红星闪闪放光彩　　　　党的光辉照万代

红星灿灿暖胸怀　　　　长夜里红星闪闪驱黑暗

红星是咱工农的心　　　寒冬里红星闪闪迎春来

党的光辉照万代　　　　斗争中红星闪闪指方向

红星是咱工农的心　　　征途上红星闪闪把路开

　　《红星歌》是1974年公映电影《闪闪的红星》主题曲，选自傅庚辰的电影音乐作品，它既是一首红色革命歌曲，也是一首雄壮的儿童队列歌曲，1981年荣获全国少儿歌曲创作一等奖，被编入小学生音乐教材。《红星歌》这首歌不仅激励着人们奋勇前进，更体现了井冈山革命根据地父老乡亲与红军战士之间的情谊。歌曲以朗朗上口的旋律、乐观健康的歌词、昂扬向上的主题，唱出了革命先辈的激情与当代中国人的执着和豪迈，表现出对红星的赞美和对革命胜利的坚定信心。

　　何谓"红星"？红星多指红色五角星，源于俄罗斯苏维埃联邦社会主义共和国，后演变为无产阶级革命的符号，广泛地被各个社会主义或共产主义的国家和组织作为标志使用。中国共产党及其领导的革命事业就像一颗红星，发射出光和热，从而能给人们带去温暖与关爱，也能指引中国人民前进的方向。

1927 年，在江西修水山口镇，组建了中国工农革命军第一军第一师，这是中国共产党及人民军队历史上的重大事件，其意义是非常深远的。根据八七会议精神，工农革命军第一军第一师积极准备参加湘、鄂、赣、粤四省秋收起义。

山口会议后，何长工、陈树华、杨立三等人受命在修水县城商会会馆设计军旗。何长工根据自己曾在法国勤工俭学时见过苏联红军军旗的旗样，提出了设计方案。三人在何长工设计方案的基础上经过反复修改、推敲，设计了工农革命军第一军第一师军旗。军旗旗底为红色，象征革命；旗中央的五星代表中国共产党，五星内有镰刀锤头，代表工农，旗面左侧靠旗杆的一条白布写着"工农革命军第一军第一师"，其整体含义为：工农革命军第一军第一师是共产党领导的工农革命武装。

科普传智慧
KEPU CHUANZHIHUI

1. 天空中的星星为什么会闪闪发亮？

为什么星星会闪闪发亮呢？天空中的星星通常指肉眼可见的宇宙天体，大致可分为恒星、行星、彗星等。恒星就是类似太阳一类的大天体，主要由氢和少量的氦等元素组成。在恒星内部高温高压条件下，恒星产生热核聚变，释放出巨大的能量，内部温度增高并产生强烈的光辐射。这些光辐射逃逸到宇宙空间中，形成了恒星的发光现象。行星是绕恒星运行的天体，本身并不会发光，只是反射恒星的光。在肉眼可见的星星中，有五颗是太阳系内的行星——水星、金星、火星、木星以及土星。它们如地球一般，本身不发光，但它们可以反射太阳光，所以我们可以看到它们。

2. 宇宙中的"火星"也是红色的

火星是否与"火"有关呢？其实，火星上并没有火。只是火星泛红的色泽看起来像燃烧的星球，所以叫"火星"。火星在中国古代被

火星

称为"荧惑星"，这是由于火星呈红色（橘红色外表源自地表的氧化铁），荧光像火，它的亮度常有变化。火星在天空中运动，有时从西向东，有时又从东向西，情况复杂，很是迷惑人。

3. 星星也有"温度"

为什么天空中的星星也有温度呢？其实，星星的温度都是恒星给的。就恒星来说，太阳系内只有一颗太阳，其内部和表面的温度也有很大差别，日冕层温度可达 100 万摄氏度，而日光层有 6000 摄氏度。就太阳系中的行星而言，表面温度最高的是金星，但是木星内部温度也非常高，核心温度达 2 万摄氏度以上。说到温度高，很多人自然而然会想到"火星"，觉得"火星"温度应该很高。其实虽说火星也有温度，但是温度实际上并不算高。火星表面是一个荒凉的世界，空气中二氧化碳占了 95%，大气十分稀薄，密度还不到地球大气的 1%，因而根本无法保存热量。这导致火星表面温度极低，很少超过 0 摄氏度，在夜晚，最低温度则可达到 –123 摄氏度。

4. 星星的光也能照得很亮很远

为什么星星的光也能照射很远很远呢？其实，人类夜晚可见的星星，大多数都是恒星，而给行星带来光明的是太阳的光辉。通过平方反比定律，我们知道距离的平方线性越远，光照的强度就会越低。其实我们肉眼能看到的星星，大都和我们的距离在5000光年内，超过这个距离，我们一般就看不到它们了。光是电磁波，其本质是交互变换的电磁场，光的传播不需要介质。因此，当光在空荡荡的宇宙空间中传播时，如果没有遇到其他天体而被吸收，光是不会消失在宇宙中的，光始终会以光速在宇宙中前进。

影片《闪闪的红星》中有这样一个镜头让人难以忘记——潘冬子勇敢地与敌人斗争，为了帮助母亲掩护群众转移，他用稚嫩童声坚定地说："妈妈是党的人，我就是党的孩子……"这个声音至今听起来都是那样令人震撼！

那是在急风暴雨的 1931 年，潘冬子的家乡——柳溪镇暂时还处在大土豪胡汉三的统治下。潘冬子挑柴经过胡汉三家门前被正准备仓皇逃命的胡汉三拦住盘问，逼他说出父亲潘行义的下落，并丧心病狂地把潘冬子吊打拷问。这时，红军在潘行义的引导下，打进了柳溪，解救了潘冬子。柳溪建立了红色政权，潘冬子参加了打土豪分田地的斗争。潘行义在对敌作战中负伤，他在手术中主动将麻药让给阶级兄弟，使潘冬子深受教育。

1934 年秋，红军主力被迫撤离中央根据地。潘行义随部队转移。临行前，他给潘冬子留下了一颗闪闪的红星。胡汉三又回来了，柳溪陷入了一片白色恐怖之中。

潘冬子和母亲暂时离开柳溪，转入了深山老林。在当地领导游击队和革命群众进行斗争的红军干部吴修竹，向他们传达了遵义会议的精神，增强了潘冬子和母亲坚持斗争的勇气和力量。为了掩护乡亲们撤退，潘冬子的母亲壮烈牺牲，潘冬子看到母亲的死，变得更加坚强。

潘冬子积极参加对敌斗争，他在战斗中破坏了吊桥，切断了敌靖卫团的后路，使敌人缴枪投降；他巧妙地把盐化成水，躲过敌人的搜查，送给游击队；他和椿伢子把情报送给游击队，把敌人的运粮船弄沉了，破坏了敌人的搜山计划；他沉着机智地应付了胡汉三多次狡猾的试探和盘问，有力地配合了游击队攻打姚湾镇的军事行动。战斗迎来了胜利！

1938年，在江南坚持游击战争的红军游击队奉党中央命令，准备开赴抗日前线。上级派潘行义来接吴修竹领导的游击队下山。潘冬子和父亲终于见面了。潘冬子戴上父亲那颗闪闪的红星，成为一个真正的红军战士，加入了红军的行列，踏上了新的征途。

我们不知道影片《闪闪的红星》中"潘冬子"的原型究竟是谁，但是"潘冬子"的身上既有许光的身影，也有鲍声苏的身影，还有千千万万与他们有相同经历的红军子女的身影。他们都是"党的孩子"，他们在血与火的斗争环境中长大，接受党的教育、帮助，用一生践行了"党的孩子"对党的忠诚，实现了永远保持共产党人艰苦奋斗政治本色的誓言。

党史人物　潘冬子的主要原型　　　　许光（1929—2013）

许光是《闪闪的红星》主人公潘冬子的主要原型。不到 3 岁，他的父亲许世友便随红四方面军离开大别山。

人物名片

许光，出生于湖北麻城县乘马岗乡，中共党员，历任海军北海舰队战士、航海长、舰长，河南省新县人民武装部参谋、军事科长、副部长，新县人大常委会副主任。2015 年 10 月 13 日，荣获全国"敬业奉献模范"称号。作为开国上将许世友长子，他 1965 年回河南新县投身家乡建设，始终与人民群众血脉相连，淡泊名利、两袖清风，继承和传扬了共产党人的优秀作风。

钱学森（1911—2009）　科学人物　中国科学家中的"闪闪红星"

人物名片

钱学森，汉族，出生于上海，祖籍浙江省杭州市，空气动力学家、系统科学家，工程控制论创始人之一，中国科学院学部委员、中国工程院院士，"两弹一星功勋奖章"获得者。

1949 年 10 月 1 日，中华人民共和国成立。当时，身在美国的钱学森是加州理工学院喷气推进中心主任。为了回国他先后辞去在美国的一切职务。但美国军方并不想放他回国。美国海军部副部长丹尼尔·金贝尔甚至说："一个钱学森抵得上 5 个海军陆战师。我宁可把这个家伙枪毙了，也不能放他回中国去！"他被美国非法拘留，开始长达 5 年的软禁生涯。终于在 44 岁时他和家人搭乘"克利夫兰总统号"启程回国。为了这一天，他争取了整整 5 年。

"外国人能搞的，难道中国人不能搞？"

1955 年 1 月，毛泽东作出了发展"两弹一星"的历史性决策。钱学森被任命为国防部第五局第一副局长兼总工程师，之后担任国防部第五研究院院长。

在 55 岁时，钱学森作为试验总技术负责人亲眼见证了两弹结合试验的成功。从此，中国的核导弹终于具备了威慑与实战能力。由于钱学森的毅然回国，中国导弹、原子弹的研发至少向前推进 20 年！

总结强信念
ZONGJIE QIANGXINNIAN

　　"红星是咱工农的心，党的光辉照万代。"中国共产党英勇顽强、意志如钢、敢于战斗、不怕牺牲、宁死不屈、不畏艰险，为中华民族创造了美好的发展前景，给中国人民创造了美好的生活。"红星"凝聚了中国红色文化中的革命精神，红色文化作为中国共产党的底色，是一种崇高的信念文化，是一种不屈的战斗文化，让我们在"红星"的光辉指引下，在红色基因的熏陶下，不忘初心，艰苦奋斗，砥砺前行，为中国走向更美好的明天而努力奋斗。

　　我们生活在当代，更应该珍惜今天的幸福生活，更要珍惜少年好时光。发扬革命先辈的光荣传统，爱国家，爱人民，努力学习，奋发图强，用科学文化知识来建设由革命先辈们打下的江山。只有这样，我们才能不辜负老一辈对我们的期望。在学习上、生活中无论遇到什么困难，都要向潘冬子学习，勇于面对困难，战胜困难。

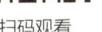
扫码观看　　扫码收听

《红梅赞》

红岩上红梅开，千里冰霜脚下踩

作者：曾斯恬

毛主席创作的《卜算子·咏梅》中"已是悬崖百丈冰，犹有花枝俏"，此句借梅来形容梅一般坚贞不屈的风骨，而张道洽《瓶梅》则用"寒水一瓶春数枝，清香不减小溪时"来赞扬梅花的芬芳清雅。梅花，不畏严寒，在雪季生机盎然，绽放于枝头上。而写梅花的不仅限于诗歌，歌曲《红梅赞》中一句"千里冰霜脚下踩，三九严寒何所惧"，更是突出了梅花精神。

红岩上红梅开

千里冰霜脚下踩

三九严寒何所惧

一片丹心向阳开　　向阳开

红梅花儿开　　朵朵放光彩

昂首怒放花万朵

香飘云天外

唤醒百花齐开放

高歌欢庆迎春来　　迎春来

《红梅赞》创作于 1964 年，由阎肃作词，羊鸣、姜春阳、金砂作曲。这首歌以生长环境十分险恶的红梅来象征我们的革命先辈，象征革命的艰难与不易。正是因为生长在特殊的环境下，红梅才具有了坚忍不拔、不畏艰险、傲雪凌霜的品质。《红梅赞》能让人伴随着歌声回到战火纷飞的峥嵘岁月，去了解、去感悟、去学习英雄的精神。

"梅须逊雪三分白，雪却输梅一段香。""万树寒无色，南枝独有花。""墙角数枝梅，凌寒独自开。"中国许多古人都曾见梅提笔，写下了一篇篇赞梅咏梅之诗。毛泽东主席也曾写过关于梅的文章《卜算子·咏梅》："风雨送春归，飞雪迎春到。已是悬崖百丈冰，犹有花枝俏。俏也不争春，只把春来报。待到山花烂漫时，她在丛中笑。"梅花迎寒绽放，松、竹经冬不凋，被并称为"岁寒三友"。人人提起梅花都赞其不惧严寒、不与众花争艳的风骨，也常用梅花来赞美高贵的品德和顽强的生命力。

1. 梅花为什么能在寒冷的冬天开放?

梅花之所以能在寒冷的冬天开放，一方面与它的构造有关，梅花的花瓣有一种特殊的蜡质，这种独特的蜡质就像是"保暖衣"一样帮助梅花抵御寒冷。另一方面是因为梅花的树枝木质较为紧实，能够减少水分的蒸发，具有储存水分的作用，这也就为梅花在冬季的生长提供了基本的保障。另外，梅花有一个最基本的生理需求，就是要经过一定阶段的低温过程，才会形成花芽。

不过，尽管梅花是在冬天开放，但事实上，它并没有我们想象中那么不怕冷。

2. 梅花，其实它也怕冷！

梅花主要分布在长江流域，零星分布在黄河以南的温暖区域。若是温度低于零下 10 摄氏度，它便会难以越冬，所以梅花在北方的极寒地区很难栽培。如今园艺技术发达，从梅花的众多品种中选育出较为耐寒的种类，最北可以栽种在北京，但依然不能实现"处处有香"，只能在庭院园林或是人工呵护的温暖小环境中才能幸存。

3. 真正傲雪的是蜡梅，不是梅花！

是不是觉得很奇怪，蜡梅不也是梅花吗？其实，蜡梅，古人称之为"黄梅"，因为它的花期与梅花相仿，花形也较为相似，但颜色是梅花所不具备的黄色。蜡梅之色如同旧时的蜂蜡，因此得名。

蜡梅傲雪

与五瓣梅花不同，蜡梅的花瓣数量众多，常有两层，外层大而蜡黄，内层多为红棕色，每层花瓣约为 6~8 枚。值得注意的是，梅花和蜡梅虽然花期近似，但是它们的亲缘关系却非常远，蜡梅是蜡梅科的大灌木，而梅花则是蔷薇科的小乔木。它们虽同名为"梅"，但蜡梅不属于梅花。

四方学党史
SIFANG XUEDANGSHI

"红岩上红梅开，千里冰霜脚下踩，三九严寒何所惧，一片丹心向阳开……"一曲《红梅赞》，是革命者凌霜傲雪、慷慨牺牲的壮歌。这首歌咏叹的人物形象早已成为经典：她身着蓝旗袍、红线衣、白围巾，她就是江姐。

江姐的人物原型是江竹筠，是英勇不屈的地下党员，也是渣滓洞监狱女共产党人革命形象的集中体现。

1. 她是自立自强的共产党人

在江竹筠（江姐）8 岁时，性格刚强的母亲与游手好闲的父亲不能相处，便带着江姐姐弟俩到重庆投奔兄弟。江姐 10 岁到重庆的织袜厂当了童工，因为人还没有机器高，老板就为她特制了一个高脚凳。11 岁时，她又进了重庆的一所教会办的孤儿院，边做工边读书。在苦难的生活经历中，江姐对当时的社会制度充满了憎恨，同时也养成了刻苦学习的精神。她在上学时非常用功，记忆力超群。后来据同牢难友讲，在狱中，她背诵并默写下毛泽东《新民主主义论》和刘少奇《论共产党员的修养》，供难友们学习。

1939 年，在中国公学附中读高中的江竹筠，秘密加入了共产党。1944 年秋，江姐又考入四川大学农学院植物病虫系。1946 年，她毕业后回到重庆，参加和领导学生运动。1947 年春，中共地下党重庆市委创办《挺进报》，江姐具体负责校对、整理、传送电讯稿和发行工作，只几个月的时间，报纸就发行到 1600 多份，引起了敌人的极大恐慌。

2. 她是刚强不屈的狱中英雄

1948 年 4 月，中共重庆市委正副书记刘国定、冉益智被捕叛变，由于他们告密，1948 年 6 月，江姐等在万县的一批同志被特务逮捕，关押在重庆中美合作所渣滓洞集中营。当敌人从叛徒口中得知江姐是彭咏梧的妻子和助手，并掌握着川东云阳、奉节、巫溪、巫山等县党组织和游击队的情况时，妄图把她当作突破口。在敌人一个多月的酷刑审讯中，江姐受尽了各种酷刑，老虎凳、吊索、带刺的钢鞭、撬杠、电刑……甚至竹签钉进十指。面对敌人的严刑拷打，江姐始终坚贞不屈。

在江姐受刑最惨烈的日子里，渣滓洞牢房里的难友们做了慰问"江姐"的动人举动，有的替她包扎伤口，有的写慰问信。她们用竹签当笔，蘸红药水把赠言写在草纸上。其中何雪松代表全体难友献给江姐的诗中这样赞颂道："你是丹娘的化身，你是苏菲娅的精灵，不，你就是你，你是中华儿女革命的典型。"这首诗在渣滓洞牢房里传诵了一时。

1949 年 10 月 1 日，中华人民共和国宣告成立，江姐和战友们怀着憧憬的心情，在狱中绣制出想象中的五星红旗。11 月 14 日，在重庆即将解放前夕，江姐被国民党反动派押往在歌乐山电台岚垭刑场，牺牲时年仅 29 岁。

在亿万中国人的心中，江姐是革命意志坚强的代表。她的一句名言曾激励了无数人的心——"毒刑拷打，那是太小的考验。竹签子是竹子做的，而共产党员的意志是钢铁。"

江姐的故事，成为了著名长篇小说《红岩》的主要素材来源。红岩，本意是红色的岩石，石质坚硬；红岩又是一个地名，在重庆市一个很小的地方，但在千千万万共产党人心中，红岩与井冈山、延安、西柏坡一样，是映照信仰、忠诚的镜子，是精神的故乡。红岩精神的确立，长篇小说《红岩》功不可没。

小说《红岩》出版于 1961 年，是在罗广斌、杨益言的革命回忆录《在烈火中永生》的基础上创作完成的。罗、杨二人都是在重庆解放前投身革命斗争的共产党员。不幸被捕后，在中美合作所集中营中，特别是在渣滓洞和白公馆，他们目睹了许多共产党人坚贞不屈、壮烈牺牲的场面，自己也经历了生与死的考验。共产党人的忠诚坚贞、正义凛然、宁死不屈犹如烈火燃烧于胸中，促使作者满怀激情地写出了这部长篇小说。

江姐，是作者以泣血之情着力塑造的典型人物，或者说，根本不用塑造，作者在监狱里曾目睹了江姐对同志和亲人的爱、对党的忠贞不渝。

党史人物 《红岩》中"江姐"的人物原型 江竹筠（1920—1949）

江竹筠，四川省自贡市大山铺镇江家湾人，中国共产党地下党重庆地区组织的重要人物，1939年加入中国共产党。1940年任重庆新市区区委委员。1945年与彭咏梧结婚，婚后负责中共地下党重庆市委的机关刊物《挺进报》的组织发行工作。1948年，彭咏梧在中共川东临时委员会委员兼下川东地委副书记任上战死，江竹筠接任其工作。1948年6月14日，江竹筠在万县被捕，被关押于位于重庆的国民政府军统渣滓洞集中营，遭酷刑仍坚贞不屈、拒不交出军统所要的中共地下党情报；1949年11月14日，江竹筠壮烈牺牲于歌乐山电台岚垭刑场，牺牲时年仅29岁。

江竹筠为中国共产党追认的女烈士，于2009年9月入选"100位为新中国成立作出突出贡献的英雄模范人物"名单。

邓稼先（1924—1986）科学人物 放弃优越条件回国奋斗的"两弹元勋"

人物名片

邓稼先，中国共产党党员，九三学社社员，中国科学院院士，著名核物理学家，中国核武器研制工作的开拓者和奠基者，为中国核武器、原子武器的研发做出了重要贡献，被称为"两弹元勋"。

1950年10月，邓稼先放弃了美国优越的工作条件和生活环境，和两百多位专家学者一起回到国内。一到北京，他就同他的老师王淦昌教授以及彭桓武教授投入中国近代物理研究所的建设，开创了中国原子核物理理论研究工作的崭新局面。邓稼先是中国核武器研制与发展的主要组织者、领导者，他始终在中国武器制造的第一线，领导了许多学者和技术人员，成功地设计了中国原子弹和氢弹，把中国国防自卫武器引领到了世界先进水平。

总结强信念
ZONGJIE QIANGXINNIAN

江姐就像红岩上傲立雪中的红梅，用生命和鲜血谱写了"三九严寒何所惧，一片丹心向阳开"的高尚情怀，影响和激励了几代人。江姐牺牲了，却在烈火中永生。

红岩精神是中国共产党领导人民，在抗日战争和解放战争时期的国民党统治区进行艰苦斗争的精神产物。红岩精神主要包括：刚柔并济，锲而不舍的政治智慧；出淤泥而不染，涅而不淄的政治品格；以诚相待，团结多数的宽广胸怀；善处逆境，宁难不苟的英雄气概。

2019年4月17日，习近平总书记在视察重庆时指出：红岩精神对加强党的作风建设仍然具有很深刻的警示意义！

歌曲从过去传唱至今，歌曲传递的红色记忆与爱国情怀深深触动和感染着每一位中华儿女。

扫码观看　　扫码收听

《学习雷锋好榜样》
愿做革命的螺丝钉

————

作者：王健珺

　　什么是雷锋精神？雷锋精神，是以雷锋的名字命名，以雷锋的精神为基本内涵，在实践中不断丰富和发展着的革命精神，就是忠于党和人民、舍己为公、大公无私的奉献精神；就是立足本职、在平凡的工作中创造出不平凡的"螺丝钉精神"；就是苦干实干、不计报酬、争做贡献的艰苦奋斗精神；归根结底就是全心全意为人民服务的精神。雷锋故事常暖胸怀，雷锋精神永放光彩。

唱响主旋律

CHANGXIANG ZHUXUANLÜ

学习雷锋好榜样　　学习雷锋好榜样
忠于革命忠于党　　毛主席的教导记心上
爱憎分明不忘本　　全心全意为人民
立场坚定斗志强　　共产主义品德多高尚
学习雷锋好榜样　　学习雷锋好榜样
艰苦朴素永不忘　　毛泽东思想来武装
愿做革命的螺丝钉　保卫祖国握紧枪
集体主义思想放光芒　继续革命当闯将

　　《学习雷锋好榜样》是由作曲家生茂、词作家吴洪源二人共同创作的歌曲。歌曲激昂、振奋，推出后受到广泛欢迎，一度在中国迅速流传开来，千家万户都在传唱该曲。在每年的 3 月 5 日"学雷锋纪念日"，全国各地举办的活动中，该曲也是主题曲。1964 年 5 月，《学习雷锋好榜样》获得中国人民解放军全军第三届文艺汇演优秀奖。1989 年，在庆祝中华人民共和国成立 40 周年"唤起美好回忆的那些歌"评选活动中获优秀作品奖。

科普传智慧

KEPU CHUANZHIHUI

1962年，雷锋在日记里写道："一个人的作用，对于革命事业来说，就如一架机器上的一颗螺丝钉。机器由于有许许多多的螺丝钉的连接和固定，才成了一个坚实的整体，才能够运转自如，发挥它巨大的工作能力。螺丝钉虽小，其作用是不可估量的。我愿永远做一颗螺丝钉。螺丝钉要经常保养和清洗，才不会生锈。人的思想也是这样，要经常检查，才不会出毛病。"

1. 认识螺丝

螺丝，也有人叫它螺钉（螺丝钉）、螺杆（螺丝杆）。螺丝是紧固件的通俗说法，它是利用物体的斜面圆形旋转和摩擦力的物理学和数学原理，循序渐进地紧固器物机件的工具。

螺丝钉、螺丝杆是互有区别的。螺丝钉一般叫木螺丝，前端有尖头，螺距较大，一般用于紧固木制件、塑料件。螺丝杆是机螺丝（机械螺丝），前端平头，螺距较小，均匀，一般用于紧固金属、机器部件。

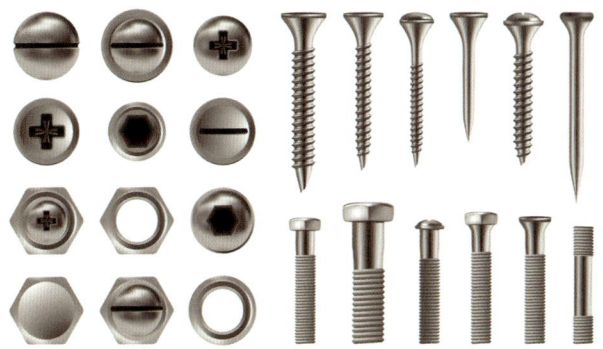

各种各样的螺丝

螺丝为日常生活中不可或缺的工业必需品：照相机、眼镜、钟表等使用极小的螺丝；电视、电气制品、乐器、家具等使用一般大小的螺丝；工程、建筑、桥梁使用大型螺丝、螺帽；飞机、电车、汽车等则是大小螺丝并用。螺丝在工业上承担着重要责任，只要地球上存在着工业，则螺丝的功能永远重要。螺丝是千百年来人们在生产生活中的共同发明，按照应用领域来看，它是人类的最重要的发明之一。

2. 雷锋"螺丝钉"精神的来源

雷锋出生在湖南长沙望城简家塘一个贫苦农民家里。因为这一年是农历"庚辰"年，给他取了一个乳名叫"庚伢子"。雷锋出生的时候，正是抗日战争时期，人民生活于水深火热之中。雷锋曾在一篇日记中写道："我家里很穷，父、母、哥、弟，都死在民族敌人和阶级敌人的手里，这血海深仇，我永远铭记在心。"

雷锋在不满 7 岁时就成了孤儿。1949 年 8 月，湖南解放时，小雷锋便找到路过的解放军连长要求当兵。连长没同意，但把一支钢笔送给他。1950 年，雷锋当了儿童团团长，积极参加土地改革。同年夏，乡政府的党支书供他免费读书，后来雷锋加入了少先队，1960 年参军入伍并成为一名驾驶员。施工任务中，他整天驾驶汽车东奔西跑，很难抽出时间学习，雷锋就把书装在挎包里，随身带在身边，只要车一停，没有其他工作，就坐在驾驶室里看书。当雷锋听到有的同志说工作这样忙，实在没有时间学习时，他便根据自己的学习体会，在日记中写下了这样一段话：有些人说工作忙、没有时间学习。我认为问题不在工作忙，而在于你愿不愿意学习，会不会挤时间。要学习的时间是有的，问题是我们善不善于挤，愿不愿意钻。一块好好的木板，上面一个眼也没有，但钉子为什么能钉进去呢？这就是靠压力硬挤进去的，硬钻进去的。由此看来，钉子有两个长处——一个是挤劲，一个是钻劲，我们在学习上，也要提倡这种"钉子"精神，善于挤和善于钻。这是雷锋第一次在日记里写到并被后人广为称道的"螺丝钉"精神的来源。

3. 让雷锋精神传承下去

雷锋身上不仅有艰苦奋斗的螺丝钉精神，还有干一行爱一行、专一行精一行，对群众像春天般温暖，全心全意为人民服务等感人而伟大的精神，值得我们一代代人发扬和传承下去。

1963 年 3 月 2 日，《中国青年》首先发表了毛主席"向雷锋同志学习"的题词。同年 3 月 5 日，《人民日报》《解放军报》《光明日报》《中国青年报》等都在头版显著位置刊登了毛主席的手迹。从这一天起，一个学习雷锋的活动便在全国范围内以排山倒海之势蓬勃兴起。之后每年的 3 月 5 日也就成了学习雷锋的纪念日。

在雷锋生前所在部队驻地附近，矗立着抚顺市雷锋纪念馆，它于 1965 年建成开馆。其中除了翔实、生动地再现雷锋的成长历程，也展示全国学雷锋活动的源起和发展脉络以及全国学雷锋活动成果。50 多年来，抚顺市雷锋纪念馆共接待国内外观众 7000 多万人次，并先后在全国 70 多个城市举办了《雷锋精神永恒》大型展览，产生了重要影响。2018 年 9 月 28 日，习近平总书记参观抚顺市雷锋纪念馆，并发表重要讲话。"雷锋是时代的楷模，雷锋精神是永恒的。"实现中华民族伟大复兴，需要更多时代楷模。我们既要学习雷锋的精神，也要学习雷锋的做法，把崇高理想信念和道德品质追求转化为具体行动，体现在平凡的工作生活中，做出自己应有的贡献，把雷锋精神代代传承下去。在雷锋的故乡——湖南长沙望城区也有一座雷锋纪念馆，于 1968 年筹建，如今成为了人民群众及青少年共产主义教育和革命传统教育的课堂，是党员干部学习雷锋精神、开展党性教育的重要平台。

紧邻湖南雷锋纪念馆的是"雷锋学校"，也是雷锋曾就读的荷叶坝小学。1955 年，雷锋入学当年，在农业合作化高潮中，雷锋把"土改"中分得的 3.6 亩田全部捐入荷叶坝小学。1967 年该学校更名为"雷锋学校"，以纪念雷锋同志，传承雷锋精神。1991 年，时任中共中央政治局委员、国务委员兼国家教委主任的李铁映同志专程来校视察，对英雄母校的发展作出了重要指示并寄予厚望，并亲笔题写校名。雷锋学校坚持学雷锋不动摇，通过健全学雷锋机制，努力开展"168"传统学雷锋工程，积极推出"月月有三五"活动，坚持续写"雷锋日记"，成立"爱心捐助站"，开展学雷锋结对子、相互帮助、共同发展的"一帮一，一对红"的活动，将学雷锋活动覆盖学校师生的工作、学习、生活等方方面面。

四方学党史
SIFANG XUEDANGSHI

1. "我甘愿做这样的傻子"

1960年，雷锋光荣地加入了中国人民解放军。一次，连队发放夏衣，每人两套，大家都高兴地从事务长处领了衣服。发到雷锋的时候，他却说："我只要一套军装，一件衬衣和一双胶鞋就够了！"事务长惊讶地问："为什么只要一套？"雷锋说："我身上穿的军装缝缝补补还可以穿，我觉得现在穿一套打补丁的衣服，比我小时候穿的要好上千万倍呢！剩下的两套衣服交给国家吧！"

雷锋有一个"聚宝箱"，是自己钉的一个木箱子。里面螺丝帽、铁丝条、牙膏皮、破手套等什么都有。要是他的车上缺了个螺丝，坏了个零件，他都先到"聚宝箱"里找。要是擦车布实在烂得不能用了，他就从"聚宝箱"里找出破手套，洗干净了作擦车布。至于牙膏皮、铁丝条什么的，他攒到一定数量就卖给收破烂的，

雷锋

得了钱全部交给公家。

有的同志不明白就问他："你就一个人，没家没业的，干吗这样苦熬自己？"雷锋说："谁说我苦熬自己？现在的生活，比起我过去受的苦，真是好上天了。""谁说我就一个人，没家没业？我们祖国大家庭有六亿多人口呢。为了改变祖国一穷二白的面貌，党中央号召咱们发愤图强，艰苦奋斗，这样做不对吗？"

"雷锋是傻子，是小气！"有人这样说。雷锋以自己的行动回答了那些不理解他的人们。他在日记上写道："有些人说我是傻子，是不对的。我要做一个有利于人民、有利于国家的人。如果说这是傻子，那我甘愿做这样的傻子的，革命需要这样的傻子，建设也需要这样的傻子。"

2. "我叫解放军，就住在中国"

雷锋有一次出差，一上火车就看到列车员很忙，于是开始动手干起活来：擦地板、擦玻璃、收拾小桌子、给旅客倒水、帮助妇女抱孩子、给老年人找座位、接送背大行李包的旅客。这些事情做完了，他又拿出随身带的报纸，给不认识字的旅客念报，宣传党的政策。

到沈阳车站换车的时候，检票口吵吵嚷嚷围了一群人。他上前一看，原来是一个中年妇女没有车票，硬要上车。人越围越多，把路都堵住了。雷锋上前拉过那位大嫂说："你没有票，怎么硬要上车呢？"大嫂急得满头汗地解释说："同志，我不是没有车票，我是从山东老家到吉林看我丈夫的，不知啥时候把车票和钱都丢了。"雷锋听她说的是真情实话，就说："别着急，跟我来。"

他领着大嫂到售票处，用自己的津贴买了一张车票，塞到她手里说："快上车吧，车快开了。"那大嫂说："同志，你叫什么名字，哪个单位的，我好给你把钱寄去。"雷锋笑道："我叫解放军，就住在中国。"说完就转身走了。

3. "同志，谁叫你来的？"

有一个星期天，雷锋肚子痛，卫生连的值班医生问了病情，给他开了药片，嘱咐说："不要紧，回去用热水袋压一压肚子，好好休息下就好了，可别再累着呀！"

雷锋往回走时路过一个建筑工地，工地上热闹的劳动场面一下子把他吸引住了。大家个个汗流浃背，干劲十足。他一时忘了自己肚子痛，跑到推砖场，操起一辆小车就干起来。有个工人问道："同志，谁叫你来的？"雷锋笑着逗他说："你们叫我来的呀！""我们？""是呀，你们为了社会主义，干得热火朝天，就不许我来吗？"

雷锋越干越高兴，推着小车跑得飞快，一口气推了十几车，脸上的汗珠子直淌，衣服全湿透了。工地上的人都很纳闷："哪儿来了这么个解放军战士，干得这么带劲！"有一位工人端来一碗水对雷锋说："同志，喝碗水，休息一下吧。"雷锋说："不累，谢谢。"他接过碗，一饮而尽，用手背抹了抹嘴，又推砖去了。

党史人物　一颗革命的螺丝钉　　　　雷锋（1940—1962）

雷锋身高只有 1.54 米，体重不足 55 千克，均不符合征兵条件，但因政治素质过硬和有经验技术，最后破例批准入伍。参加了中国人民解放军后，雷锋编入工程兵某部运输连四班，任班长。他全心全意为人民服务，只要是对人民有利的事，他都心甘情愿地去做。他曾多次立功，被评为节约标兵和模范共青团员。1960 年 11 月入党，并被选为抚顺市人大代表。1962 年 8 月因公殉职。

雷锋的一生，是把有限的生命投入到无限的为人民服务之中的一生。他以"镙丝钉"精神，刻苦学习马列主义、毛泽东思想，坚持理论联系实际，努力实践，因而具备了全心全意为人民服务的无私忘我的奉献精神。由于他热心辅导少年先锋队，1963 年，共青团中央追认他为"全国优秀少先队辅导员"。周恩来同志曾精辟地把雷锋精神概括为四句话：憎爱分明的阶级立场，言行一致的革命精神，公而忘私的共产主义风格，奋不顾身的无产阶级斗志。

陈景润（1933—1996）　科学人物　中国数学领域的螺丝钉

人物名片

陈景润，汉族，福建福州人，中国著名数学家。获国家自然科学奖一等奖，"改革先锋""激励青年勇攀科学高峰的典范""最美奋斗者"等称号和赞誉。

有的人倾尽一生，只是为了一件事、一个目标。陈景润就是这样的人。在他的人生中，好像除了数学两个字，再没有其他。日日夜夜、每时每刻，他总是拿起手里的笔演算着，推导着，近乎疯狂。世人皆知，陈景润是数学天才，只是没人知道，天才的背后曾经付出多少的汗水。

陈景润的研究课题为数论，但是尽管他做了大量的研究与努力，依旧收获不大。于是，他开始从华罗庚的《堆垒素数论》入手，来解决数学上尚未解决的难题。他挤在自己仅仅 6 平方米的房间内，开始了不眠不休的工作。经过夜以继日的努力，他成功解决了《堆垒素数论》中"至善的指数"这一难题。1973 年，他在《中国科学》发表了"1+2"的详细证明，并改进了 1966 年他在《科学通报》上宣布的数值结果，立即在国际数学界引起了轰动，被公认为是对哥德巴赫猜想研究的重大贡献，是筛法理论的光辉顶点。他的成果被国际数学界称为"陈氏定理"，写进美、英、法、苏、日等多国的许多数论书中。

总结强信念
ZONGJIE QIANGXINNIAN

"人的生命是有限的，可是为人民服务是无限的。我要把有限的生命，投入到无限的为人民服务之中去。"全心全意为人民服务，是雷锋 22 年短暂人生的真实写照。雷锋干一行爱一行、专一行精一行，以满腔的热情投入到每一项工作中去，以高度的敬业精神和责任意识，出色完成各项任务；真正做到了像一颗螺丝钉，拧在哪里，就在哪里闪闪发光。

学习雷锋不是简单的模仿，而是精神的发扬继承，是向善的具体体现。"当代雷锋"郭明义几十年如一日奉献爱心；"最美婆婆"陈贤妹救起小悦悦；"最美妈妈"吴菊萍徒手接住坠楼儿童；"虎妞"杨艳艳面对歹徒挺身而出……他们都以实际行动书写着雷锋精神的最新注解，用感动中国的精神力量支撑起社会的道德大厦。闪光精神的传承，在无数普通人的默默践行中延续。

扫码观看　　扫码收听

《花儿为什么这样红》
它是用了青春的血液来浇灌

作者：潘蓉

在灿烂的朝晖下，那晶莹明亮的朵朵红花闪耀人眼，红得似乎要从里面淌出血来，娇艳无比。花儿为什么这样红，为什么这样艳？它凝聚了千万英雄志士的血肉，用了青春的血液来浇灌；浸润着冲锋者的鲜血，花儿怒放出青春的姿态！

花儿为什么这样红

为什么这样红

哎　红得好像

红得好像燃烧的火

它象征着纯洁的友谊和爱情

花儿为什么这样鲜

为什么这样鲜

哎　鲜得使人

鲜得使人不忍离去

它是用了青春的血液来浇灌

　　《花儿为什么这样红》这首经典歌曲旋律悠扬、动听，具有极强的民族色彩，几十年来一直被人们广为传唱。

　　关于这首歌的故事还要从 20 世纪 60 年代的电影《冰山上的来客》说起。这是一部革命英雄主义和浪漫主义完美结合的经典电影，讲述了解放初期，解放军进驻新疆，虽然边防军的生活条件艰苦，但仍努力守卫边疆，新疆塔什库尔干山区塔吉克同胞帮助解放军驻守边防、体现少数民族风情和各族军民团结鱼水情的真实故事。当时词曲作者雷振邦接到为电影作曲的任务后非常重视，为了能创作符合电影故事的作品，他立即到新疆来体验生活。为了能找到创作素材和灵感，他不顾危险来到位于喀喇昆仑山上、海拔达到 4000 米以上的多个哨所。有一次，在其中一个哨所，他从一名塔吉克族战士的口中听到了一个感人的爱情故事，在了解了整个故事的来龙去脉之后，雷振邦满怀激情进行了再创作，这首经典歌曲《花儿为什么这样红》就在一个不眠的夜晚诞生了……

科普传智慧
KEPU CHUANZHIHUI

1. 花儿为什么这样红?

其实花的颜色主要是由花瓣里的色素决定的。色素的种类繁多,其中最重要的是类黄酮和类胡萝卜素。目前,已经发现的类胡萝卜素有 80 种以上,被鉴定出来的类黄酮有五六百种之多,花青素算是其中最重要的成员。花青素又称花色素,是自然界一类广泛存在于植物中的水溶性天然色素。水果、蔬菜、花卉中的主要呈色物质大部分与之有关。在植物细胞液泡不同的 pH 值条件下,花青素使花瓣呈现五彩缤纷的颜色。

花青素在酸性溶液中呈现红色,在碱性溶液中呈现蓝色,在中性溶液中呈现紫色。在实验中如果把一朵红色的牵牛花放在稀氨水(碱性溶液)中,花色立即由红变蓝;如果把这朵变蓝了的牵牛花再放入稀草酸溶液(酸性溶液)中,花色又由蓝变红了。这实际上就是花瓣中的花青素在不同的酸碱条件下发生的变色反应。

"花儿这样红",还需要用物理学原理来解释。太阳光经过三棱镜或水滴的折射,主要会分成赤、橙、黄、绿、青、蓝、紫等 7 种颜色。这7种颜色的光波长短不同，红光波长，紫光波短。酸性的花青素会把红色的长光波反射出来。我们眼睛看到的红艳艳的花朵，实际是这种红色的光波所形成的。

2. 生活中的花青素

随着人们对花青素认识的不断加深，逐渐将这些知识的原理运用到我们的生活中来。花青素主要用于食品着色方面，也可用于染料、医药、化妆品等方面。

人们对合成色素危害性认识越来越深的同时，对天然色素越来越受重视。与合成色素截然不同的是，食用天然色素不仅没有毒性，有的还有一定的营养。特别是那些颜色比较深的水果和蔬菜，人们将其色素提取出来加入食品的配色当中，不仅让食物更加好看了，营养价值也提高了。目前，允许大规模生产和使用的天然花色苷食用色素主要有紫番薯色素、桑葚色素、紫玉米色素、甘蓝色素、茄子皮色素、葡萄皮色素、黑果枸杞色素、浆果类色素等。在实际生产中，花色苷作为一类安全性较高的天然色素，经常被用于葡萄酒、果汁、果酱、糖果、糕点、冰淇淋等食品饮料的着色，赋予食品各式各样的颜色。如复配出的花青素黑豆蛋白营养液，有着较高的花青素含量，蛋白质沉淀率、析乳率较低，稳定性较好，大大降低了对黑豆固有营养物质的破坏程度；将紫甘薯花色苷加入冰淇淋中，可以赋予其独特的色泽，品质得到提升。我们平时吃的包点中看到的五颜六色的包子、饺子、面条等，许多也是加入了各种天然色素。

这些纯天然绿色健康的食品也越来越受人们所喜欢。但也并不是所有的食品都是添加的天然色素，所以我们在购买这些食品的时候一定要看清楚它的成分，不要过分去追求色泽。那些含有合成色素的食品尽量少买或者不买。

五彩饺子

天然色素除了在食品行业广泛运用外，在纺织、服装、家纺行业也被广泛作为天然染料，但并不是所有的色素都可作为染料。纺织品需要洗涤，在摩擦劳度、皂洗劳度、日晒劳度上有更高的要求。但从天然植物中提取色素作为染料已是顺应时代发展的潮流，相信将来我们在穿戴、使用中也将更加健康环保。

花青素还具有很好的药用价值，在临床上和药品中使用前景广阔。目前，药品在生产过程中，会利用人工合成的色素着色以便识别和区分，常用色素如靛蓝、胭脂红等。而花青素是天然可食用色素，安全性较高，因此可以作为部分合成色素的替代品使用，应用前景广。

另外，花青素在保健美容行业也有广泛应用。由于花色苷的强抗氧性，可清除过量的自由基，减少对皮肤的攻击，因此具有延缓衰老、保健美容的功效。如：紫马铃薯肉及皮花色苷提取物能明显抑制前脂肪细胞的分化成熟，并可以阻止脂肪在细胞中积累，具有较好的瘦身功效；葡萄籽花青素可去除自由基，抑制弹性蛋白酶的合成并抑制其活性，保护弹性蛋白结构完整，从而延缓皮肤老化。

四方学党史

SIFANG XUEDANGSHI

花儿为什么这样红？花儿为什么这样鲜？它是用青春的英雄儿女的血染红的。英雄儿女，除了在战场上拼杀，还有一些是我党隐蔽战线和情报工作的无名英雄。

他叫李白，原名李华初，是电影《永不消逝的电波》中"李侠"的原型。1910 年李白出生在湖南浏阳河畔的一个贫苦农民家庭。15 岁加入中国共产党，20 岁正式加入红军，成为红四军通信连的一名战士，之后跟随共产党的无线电专家专门学习了无线电技术，在历次反"围剿"中，他负责的电台始终保持通信畅通，为战斗的胜利作出了很大贡献。在长征途中艰苦的行军路上，李白总是带头背负电台，团结电台全体同志克服重重困难，圆满地完成了艰巨的通信联络任务。

全国抗战爆发后，1937 年 10 月，李白受党组织派遣，化名李霞，远赴上海负责党的地下组织与党中央的秘密电台联络工作。在日寇与汪伪军警特务聚集、斗争环境极其险恶的上海，李白克服各种困难，用无线电波架起了上海和延安之间的"空中桥梁"。1939 年，工作环境更加险恶，党组织决定派女工出身的共产党员裘慧英与李白假扮夫妻掩护电台，开展工作。经过一年多的共同战斗和生活，李白和裘慧英之间产生了感情。经党组织批准，他们结为革命伴侣。

为了不引起注意，李白总是选择夜里发报，盛夏酷暑，发报机在密不通风的房间运转，比室外高出十几摄氏度的高温使李白汗流浃背，但他为了抓紧时间，连汗水流入眼睛都顾不上擦；寒冬腊月，他的手指被冻得又红又肿，但他还是不停地按动着电键。为了防止被敌人探测到信号，李白经过刻苦试验，不断摸索，把 100 多瓦的电台改装到 10 多瓦，也能把电报清晰地发送到数千里外的延安。1941 年，日军占领了上海的西方租界区，加紧了对秘密电台的侦测搜捕。1942 年 9 月，李白的电台被日军侦测出来，他与妻子同时被捕。日寇在对李白使用老虎凳、夹手指、电刑之后，仍然没有从他的嘴里得到想要的信息。李白坚称，自己只是一个生意人，在半夜收听商业行情，为了挣钱替别人发报。

当时上海的日本特务机构特地从日本调来无线电专家，对从李白家里缴获的电台做了技术鉴定，认为这个收音机没有收报功能，无法

中共中央机要部门转战陕北时用的发报机

做电台使用。实际上，日军缴获的这台收音机，正是李白用普通收音机改装而成的收报机。日本宪兵找不到定罪证据，在被关押8个月后，李白终获自由。此后李白化名李静安，辗转打入国民党军委会国际问题研究所，担任报务员，利用这一身份和公开的电台为我党秘密传送了大量战略情报。

据中华人民共和国成立后解密的电报披露，皖南事变的真相、上海的吴淞口设防等重要情报都是由李白通过秘密电台发往党中央的。

1946年，国民党发动全面内战，红色电波再次从夜幕沉沉的上海传向党中央。上海黄渡路107弄15号成为李白最后工作的地方。1948年12月30日凌晨，他在这里发出了最后一封重要情报——国民党军队长江布防图，这份情报对4个月后解放军发动渡江战役，突破国民党防线起到了重要作用。

就在发报的过程中，国民党当局采用分区停电的方法，利用新装备——美式专用雷达探测仪测出了李白位于黄渡路的电台位置。在敌人重重包围中，李白镇定地发完电报，销毁了密码。国民党军警随后对李白进行了长达30多个小时、10多种残酷刑罚的逼供，李白始终坚贞不屈、顽强斗争，拒不吐露半个字。

后来，在组织的努力下，裘慧英带着儿子到看守所旁边老百姓家的二楼阳台上与李白相见。看到多年患难与共的妻子和聪明可爱的儿子，李白的眼睛湿润了。看到丈夫受尽折磨，满身是伤，裘慧英心如刀绞，痛哭失声，说不出一句话来。李白平静地对妻子说："天快亮了，上海快解放了，全国也快要解放，革命即将成功，我无论生或死，总觉得非常愉快和欣慰……"他坚毅的目光、和悦的语气宛如平日。为了不给这户老百姓带来麻烦，李白和裘慧英只得依依惜别。

谁知，这次分别竟成永别。1949 年 5 月 7 日这一天，国民党特务根据蒋介石"坚不吐实，处以极刑"的批令，将年仅 39 岁的李白押到浦东戚家庙秘密杀害。20 天后，在解放军进攻的隆隆炮声中，上海宣告解放。

花儿之所以这样红，正是因为有这样一群充满热血的爱国青年，他们敢爱敢恨，敢于和恶势力相斗争，敢于将青春热血奉献给自己的坚定事业！用生命浇灌的花又怎能不红艳？

党史人物　中国共产主义运动先驱　李大钊（1889—1927）

李大钊是中国共产党的主要创始人之一。1920年，他在北京大学发起组织马克思学说研究会，领导建立北京的共产党早期组织和北京社会主义青年团，并积极推动建立全国范围的共产党组织。1921年3月，李大钊撰文号召全国的共产主义者"急急组织一个团体"，这个团体是"平民的劳动家的政党"，要担负起"中国彻底的大改革"的责任。1921年，中国共产党宣告成立。李大钊为建党所做的重大贡献，使他成为中国共产党的主要创始人之一。1926年，李大钊领导并亲自参与了反对日、英帝国主义和反对军阀张作霖、吴佩孚的斗争。在极端危险的情况下，继续领导党的北方组织坚持革命斗争。1927年，李大钊在北京被捕入狱。他受尽各种严刑拷问，始终坚守信仰、坚贞不屈。1927年4月28日，李大钊惨遭反动军阀杀害，牺牲时年仅38岁。

人物名片

李大钊，河北乐亭人。中国共产主义运动的先驱，伟大的马克思主义者，杰出的无产阶级革命家，中国共产党的主要创始人之一。李大钊同志一生的奋斗历程，同马克思主义在中国传播的历史紧密相连，同中国共产党创建的历史紧密相连，同中国共产党领导的为中国人民谋幸福的历史紧密相连。

华罗庚（1910—1985）　科学人物　牺牲在讲台上的数学科学巨匠

人物名片

华罗庚，出生于江苏常州，主要从事解析数论、矩阵几何学、典型群等领域的研究。解决了高斯完整三角和的估计难题、华林和塔里问题改进、一维射影几何基本定理证明、近代数论方法应用研究等；被芝加哥科学技术博物馆列为"当今世界88位数学伟人"之一。国际上以华氏命名的数学科研成果有"华氏定理""华氏不等式""华－王方法"等。

科学虽然没有国界，但是科学家有自己的祖国。中华人民共和国成立后，中国政府全力动员在外留学的科学家回国，参加祖国建设。1950年，华罗庚乘坐"克利夫兰总统号"邮轮到达香港。其间，他写了一封《告留美人员的公开信》，通过新华社向全世界播发。他写道："梁园虽好，非久居之乡，归去来兮！朋友们，我们都在有为之年，如果我们迟早要回去，何不早回去，把我们的精力都用之于有用之所呢？总之，为了抉择真理，我们应当回去；为了国家民族，我们应当回去；为了为人民服务，我们应当回去；就是为了个人出路，也应当早日回去！"

1985年6月12日下午4时，华罗庚在东京大学数理学部讲演厅向日本数学界做主题为《理论数学及其应用》的演讲，由于突发急性心肌梗塞，于当日晚10时9分逝世。

总结强信念
ZONGJIE QIANGXINNIAN

　　《花儿为什么这样红》这首歌曲以优美动听的旋律和浓重的民族色彩征服了听众，英雄儿女的故事亦感天动地。在中国日新月异发展的今天，爱国是永恒不变的主题。在当下，爱国爱人民不仅只是嘴上说，更是化为了具体的行动。在新冠肺炎疫情防控期间，可爱的白衣天使以及来自各行各业的志愿者们不顾自己的安危，不分昼夜在抗疫前线奋战着。这时候他们心里已经没有个人，没有小家，只有集体和祖国这个大家。全国十几亿人民听党指挥居家抗疫，不出门不抱怨，因为我们知道这时候遵守国家规定、配合防疫工作就是最大的爱国。当河南郑州遇到前所未有的洪灾的时候，在抗洪最前线我们最先看到的是那一张张年轻且质朴的人民子弟兵的脸，哪里有危险，哪里就有他们的身影。他们用热血青春保卫着祖国人民的安危，保卫着祖国辽阔的边疆。

　　和平年代，爱国并不需要每个人都干出一番惊天动地的大事，但我们要明白，如今的幸福生活是来之不易的，是无数革命先烈坚持理想信念，前仆后继换来的。花儿为什么这样红？花儿为什么这样鲜？它是用青春的英雄儿女的血染红的。让我们铭记历史，唱响一首首经典歌曲祝福伟大的中国共产党，让这些红色的革命精神不断的传承下去。

《花儿为什么这样红》不仅让我们看到了青春热血的色彩，也让我们知道了其中的科学奥秘。作为中华儿女，我们要不忘历史，传承革命火种，传承科学精神，传承中华文化，永远不忘党的恩情，跟党走听党话，让这如花儿一样的青春一直延续下去……

扫码观看　　扫码收听

图书在版编目（ＣＩＰ）数据

经典歌曲中的科学密码 / 徐海，李艳群，龙超颖主编. —
长沙 ： 湖南科学技术出版社，2024.1
ISBN 978-7-5710-2479-6

Ⅰ．①经… Ⅱ．①徐… ②李… ③龙… Ⅲ．①歌词集－
中国－当代Ⅳ．①I227

中国国家版本馆 CIP 数据核字(2023)第 183930 号

JINGDIAN GEQU ZHONG DE KEXUE MIMA

经典歌曲中的科学密码

主　　编：徐　海　李艳群　龙超颖
副 主 编：范伟娟　吴争春　罗秦理
出 版 人：潘晓山
责任编辑：邹　莉　刘羽洁
出版发行：湖南科学技术出版社
社　　址：长沙市芙蓉中路一段 416 号泊富国际金融中心
网　　址：http://www.hnstp.com
湖南科学技术出版社天猫旗舰店网址：
　　　　　　http://hnkjcbs.tmall.com
邮购联系：0731-84375808
印　　刷：湖南省众鑫印务有限公司
　　　　　　（印装质量问题请直接与本厂联系）
厂　　址：长沙县榔梨街道梨江大道 20 号
邮　　编：410100
版　　次：2024 年 1 月第 1 版
印　　次：2024 年 1 月第 1 次印刷
开　　本：710mm×1000mm　1/16
印　　张：17.75
字　　数：201 千字
书　　号：ISBN 978-7-5710-2479-6
定　　价：68.00 元